삶에 사람에

무뎌진다는 것

# 삶에 사람에
# 무뎌진다는 것

투에고 지음

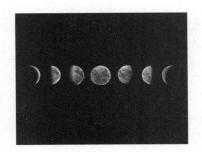

내가 기억하는 모든 나에게

자화
상

차디찬 비에 온몸이 젖어도
이제는 떨지 않아

두 뺨을 타고 눈물이 흘러내려도
소리 내 울지 않아

마음속 돌이킬 수 없는 상처가 생겨도
더는 앓지 않아

겪고 나서야 알았네

열렬한 사랑도 식고
지독한 슬픔도 끝날 것을

지나고 나서야 알았네
어두운 고독만 남고
결국은 혼자가 되는 것을

아프고 나서야 알았네
그래도, 그래도
살아야 한다는 것을

산다는 것은
인정하는 일

산다는 것은
무뎌지는 일

언젠가 시간이 다해
세상이 나를 잊더라도
내가 나를 기억하겠지

# Part 1 잘 살고 있는 건지

# Part 2 누군가의 꿈

Part **3** 무뎌진다는 것

Part 4 내가 나를 기억해

Part

1

잘
살
고
있
는
건
지

## 언젠가의
## 그 밤

누구나 자신만의 이야기가 있다. 누군가에겐 슬프고, 누군가에겐 기쁠 이야기. 하지만 그건 별로 중요하지 않다. 이야기가 있다는 것만으로도 매우 소중하고 가치 있는 삶이다.

물론 나도 모르는 사이에 추억들은 빛바래 잊히기 마련이다. 가끔 나를 잠식하는 어두운 밤이 찾아올 때면, 먼지 수북이 쌓인 내 이야기들을 들춰본다.

며칠 전, 몇 년 전,
언젠가의 그 밤이 나를 다시 위로해줄 테니.

# 무심코 내뱉는
## 말의 무게

나는 새로이 무언가를 시작하게 되면, 가까운 이들에게조차 말을 아끼는 편이다. 선의가 담긴 '잘 되고 있냐'는 물음이 은근히 부담되어 스트레스를 받기 때문이다.

그러다 보니 가까운 사람에게도 민감한 근황은 먼저 묻지 않는 편이다. 시험을 준비하는 친구라면 공부는 잘되어가는지, 합격은 했는지, 하는 사소한 말 한마디가 도리어 부담으로 다가올 수 있다. 진정 마음으로 응원한다는 말마저도 속으로 삼킬 때가 많다. 어디 시험뿐일까. 취업, 결혼, 그 사람이 이루고자 하는 크고작은 꿈도 마찬가지다.

글은 쓰고 고치면 그만이지만, 말은 한 번 내뱉으면 다시 주워 담을 수가 없으니 그만큼 더 조심해야 한다. 서로가 받아들이는 감정의 깊이가 다르기에, 악의 없이 무심코 던진 말 한마디가 상대의 가슴을 콕콕 찌르는 칼날이 되는 것도 한순간이다.

진정한 배려는 상대방이 먼저 마음 열고 말을 꺼냈을 때, 함께 기쁨을 공유하거나, 위로를 해주는 데 있다.

## 딱
## 거기까지

아슴푸레한 불빛 사이로 술잔을 기울이며 신세타령이 오고간
다. 취기를 빌려 가슴속에 쌓인 응어리를 툭 내뱉고 나니 속은
후련해진다. 그렇지만 딱 거기까지다. 아무리 가까운 사이일지
라도 내 안에서 수없이 생겼다 사라지는 형체 없는 아픔까지 치
유해줄 수는 없다. 겪어보지 않은 이상 타인이 나의 고통을 알
기에는 역부족이니.

위로의 말 한마디를 위안 삼을 수는 있어도, 문제의 해결을 위
해서는 자신이 고군분투해서 싸워 이기는 수밖에 없다.

## 존재의
## 이유

자리가 사람을 만든다는 말이 있어.

작가면 작가처럼,

선생이면 선생처럼,

연예인이면 연예인처럼 보여야 하니.

알고 보면 뭐 다 똑같은 사람이라 별거 없잖아.

그러니 현재의 위치나 상황이 열악하다 하여 주눅들 필요는

없어.

우리는 세상에 존재하는 것만으로도 충분히 가치 있으니까.

나는 나로서
너는 너로서
우리는 우리로서
그 이유만으로도 충분하잖아.

## 시선이라는
## 올가미

따가운 눈초리
동경 어린 시선
측은하게 바라보는 눈빛

타인이 나를 바라보는 시선은 제각기 다르다. 행여 저 사람이 나를 싫어하고 있거나, 속으로 비웃고 있는 건 아닐까. 설혹 그렇다 한들 속으로 끙끙 앓아봤자 자신만 지칠 뿐이다. 상대에게 좋은 인상을 남기고 싶지만, 모두가 나를 좋아해줄 수는 없다. 도리어 너무 얽매이다 보면 그 속에 갇혀 자신의 주체를 상실하고 만다.

고민을 거듭하다 타인의 시선이라는 올가미를 어느 정도 벗어 던져버리기로 했다. 그러니 십 년 묵은 체증이 쑥 내려간 듯 마음이 한결 편안해졌다.

## 샤덴프로이데
### Schadenfreude

샤덴프로이데. "남의 불행에서 느끼는 기쁨"이라는 뜻의 독일어다. 여기서 중요한 점은 이 감정이 인간의 본성이라는 것이다. 익명성을 보장받는 온라인 공간만 봐도 충분히 공감이 가는 대목이다. 수많은 악성 댓글에는 시기와 질투가 가득 차 있다.

우리 주변에도 어떤 대상이든 깎아내리기를 일삼는 사람을 쉽게 볼 수 있다. 역시 그럴 줄 알았어, 그런다고 해서 안 될 거야, 같은 말을 반복적으로 한다. 자존감이 약할수록 그런 경향이 더 심하다. 자신에게 만족할 수 없으니, 그 마음만큼 질투라는 감정을 표출하게 된다. 이쯤 되면 맹자의 성선설보다 순자의 성악

설에 무게가 더 실린다.

한데 태초부터 선한지, 악한지보다 중요한 것이 있다.
본연의 모습이 어떨지라도
사람의 마음은 충분히 갈고 닦으면 정진시킬 수 있다는 것.

"그렇게나 연락이 없다가, 필요할 때만 친한 척이야.

줄곧 배려하는 삶을 살았는데, 그런 내 마음을 알아주지 않더라.

두루두루 친하게 지내면 좋을 줄 알았는데,

그들의 얽히고설킨 관계까지 신경써야 하니 너무 피곤해.


사랑도 마찬가지야.

내 마음을 다 꺼내서 보여줬는데,

왜 차갑게 떠나버리는 걸까.


이제 다 싫어. 혼자이고 싶어."

친구가 나에게 속내를 털어놓았다. 공감이 갔다. 그래서 더욱
아무 말도 해줄 수 없었다.
하지만 우리는 선택해야 한다.

피곤하겠지만 관계를 이어갈지,
지독한 외로움 속으로 빠질지.

## 투에고

인간은 유아기에 처음 거울에 비친 자신을 보고 주체의 형성이 시작된다. 그리고 살아가면서 스스로 그 모습을 가꾼다. 너무 외적인 것에만 취중하다 보니, 상대적으로 내면 깊숙이 있는 자신의 의식을 들여다볼 기회가 많이 없다.

돌이켜보면 나도 삶을 살아오면서 내 안에 쌓인 상처가 많다. 잠재되어 있는 상처를 꾹 눌러 담아 숨기려만 했을 뿐, 치유하는 과정이 없었다. 그것을 글로나마 풀고 싶었다.

상처받은 자아, 치유하는 자아.

내면에서 일어나는 이중주라 하여 필명을 '투에고'라 정했다.

나뿐만이 아니라 상처받은 많은 이들에게
내 글이 작은 위로가 되기를 바란다.

## 강요해선
## 안 돼

오이나 당근을 골라 먹는 사람을 달갑지 않게 쳐다보는 이들을
본 적이 있다. 체질적으로 몸에 맞지 않는 음식이 있기 마련인
데, 따가운 눈초리만 보낼 뿐 이해해주지 않는다. 심지어 건강
에 좋으니 한 번만 먹어보라고 억지로 권하기도 한다. 당사자의
입장에서는 얼마나 곤혹스러울까.

회식 자리에서 분위기상 권하는 술도 마찬가지다. 퇴근 후에 개
인시간을 갖지 못하고 억지로 참석한 것도 싫은데, 잘 마시지도
못하는 술까지 억지로 마셔야 한다니, 상상만 해도 몸서리가 쳐
진다.

그래서 나는 주변 사람들이 싫어하는 것은 먼저 권하지 않으려 한다. 겪어온 문화나 살아온 환경, 그리고 유전적 영향으로 사람마다 취향은 충분히 다를 수 있으니.

자신의 취향이 소중하다면 타인의 취향도 이해하고 존중해야 한다. 상대의 의중을 파악하지 못하고 싫어하는 것을 강요하는 순간, 그는 그만큼 당신을 싫어할 수도 있다.

## 현실과 이상의 괴리

가끔 옛 친구들과 추억을 안주 삼아 이런저런 담소를 나눈다.

기억나니.
그때는 그랬었지.
요즘은 어떻게 지내.
뭐 그런 흔한 이야기.

학창시절 우리는 저마다 가슴 속에 멋진 꿈을 품고 있었다. 서로를 응원하며 희망에 차 있었건만, 그 시절은 아득한 꿈속으로 사라져버렸다. 흔들거리는 이상으로는 높은 벽을 허물 수가 없었다.

꿈은 높기만 한데 현실은 바깥이 보이지도 않는 지하실이다. 결국, 좁혀지지 않는 그 괴리에서 적정선을 찾아 타협한다.
그게 꼭 나쁘지만은 않다.
말하지 않아도 그 과정이 얼마나 힘들었을지 알 것 같아서.

## 친구라는 이름의
## 무게

주위에 아는 사람이 많다고 해서
어릴 적부터 알고 지내왔다고 해서
모두 친구는 아니야

우산이 없어 시련이란 흠뻑 내리는 비 아래 서야만 할 때
함께 맞아주는 건 바라지도 않아
그저 곁에서 위로의 말 한마디 건네줄 정도면
'친구'라고 불러도 돼

진정 내 모든 것이 무너져 벼랑 끝으로 떨어졌을 때, 곁에 있어줄 사람이 몇이나 될까. 손가락에 꼽을 정도거나 없을 수도 있다. 물론 내가 먼저 그런 친구가 될 수 있을까 하는 의문이 들기도 한다.

사람이 등을 돌리는 건 한순간이다. 그래도 도움이 되든 말든 곁에 남아 있어주고 싶다. 모두가 외면한 채, 출구도 보이지 않는 터널에서 친구마저 등을 돌린다면 얼마나 슬플지 아니까.

## 누구를 위한
## 레이스일까

출발이 같다고 해서 모두 똑같은 속도로 갈 수는 없다. 옆에 있던 사람이 나보다 더 빠르면 간격이 벌어진다. 자꾸 멀어져만 가는 뒷모습을 바라보다 보면 상대적으로 박탈감이 밀려온다.

여기서 뒤처지면 안 될 텐데,
얼른 따라잡아야 할 텐데.
초조한 마음은 더해만 간다.

애당초 출발점이 다른 사람은 아예 따라갈 엄두조차 나지 않는다. 도대체 이 레이스는 누가 만들었을까. 왜 매번 경쟁을 시켜

성과를 부추기는 건지, 이골이 날 지경이다.

자신만의 삶인데 남들과 경쟁한들 무슨 의미가 있을까.

출발점, 위치, 속도 따위가 뭐가 중요하리.

그냥 달리는 것만으로 충분히 가치가 있다고 생각하면 될 것을.

## 나를 아는
## 만큼만

누군가가 나에게 진심 어린 조언을 건네면, 대부분은 귀 기울여 듣는 편이다. 분명 도움이 되는 말도 많으니 나쁘게 생각할 필요는 없다. 한데 적정선을 넘어버리면 안 된다.

'이제 그만해.'
'현실을 직시해야지.'
'너는 할 수 없어.'

조언이라는 명목으로 비수를 꽂는 말들이다. 진정 나를 위하는 마음에서 나온 말일지라도, 자존심에 큰 상처를 입기 마련이다.

요즘 나는 상대가 먼저 조언을 구하기 전까지, 구태여 그런 말들을 꺼내지 않는다. 내가 나의 한계조차 모르는데, 어찌 타인을 함부로 말할 수가 있을까.

이제는 행여 누군가가 그런 말을 하더라도 슬퍼하지 않으려 한다.

그 사람이 나를 어떻게 평가하든, 그건 중요치 않잖아.
그 사람은 나를 아는 만큼만 볼 수 있으니까.

## 비교의
## 잣대

은연중에 나를 타인과 비교하는 나쁜 습관이 삶에 고스란히 배어버렸다. 내가 만든 울타리에 나를 가두는 격인 것을 알면서도 이상하게 멈출 수가 없었다.

성공해서 즐거워 보이는 사람은 언제나 시샘의 대상이 되고, 자신보다 불행한 사람을 통해서 위안을 얻는다. 참, 인간 본연의 마음은 옹졸하기 그지없다.

하지만 언제까지나 이렇게 살 수만은 없다. 타인과 비교하는 삶은 자신을 더욱더 불행하게 만들 뿐이다.

이제 그만, 내가 만든 울타리의 문을 열고 나와야겠다.

## 진작 알았으면
## 좋았잖아

마음을 많이 주는 쪽이 더 힘든 이유는
상대가 그만큼 몰라주기 때문이다

그러다 지쳐서 포기하는 순간
상대방은 그제야 그 마음을 알게 된다

## 쉽게,
## 쉽게

사람들은 어렵고 유식한 말은 좋아하지 않아.
인간관계도 마찬가지잖아.
조금만 어려워 보여도 거리를 두게 되니.

그러니 굳이 너무 완벽하게 보이려 애쓰지 않아도 돼.
우리는 모두 불완전하니까.

쉽게, 쉽게.
때로는 마음도 가볍게 만들 필요가 있어.

## 지기지우
### 知己之友

여러 사람과 소통하고 교류하는 것에 너무 많은 가치를 두었던 걸까. 아니면 피곤하게 적을 만들고 싶지 않았던 마음이 컸던 걸까. 예전에는 누구와도 친하게 지내고 싶은 욕심에 사람을 만나는 일에 많은 시간을 할애했다. 만남 하나하나가 모두 소중하고 가치 있다는 것은 부정할 수 없는 사실이지만, 그것에만 너무 치중하다 보면 어느 순간 자신이 먼저 지치고 만다.

길다 하면 긴, 짧다면 짧은 인생이란 여정 속에서 사람만 만나고 살기에는 시간이 모자라다. 그냥 추억을 공유하고 같이 어울릴 수 있는 마음 맞는 친구 몇이면 된다.

열 명의 아는 사람보다

지기지우 한 명이 낫지 않을까.

## 유독
## 그런 사람

오랜만에 만난 지인이 있었다. 자그마치 8년 만이었다. 약속 시간을 정하고 나서도 나도 모르게 내심 걱정이 되었다. 오랜만이라 혹여 어색하지는 않을까.

약속 장소에 도착하자, 그런 마음은 깡그리 사라져버렸다. 마치 어제 만난 것처럼 얼마나 반갑던지. 그간 흐른 긴 세월이 무색해질 정도였다. 이야기꽃을 피우다 시간이 가는 줄도 몰랐다. 그래도 못한 이야기가 얼마나 많던지. 헤어짐은 늘 아쉽기만 했다.

유독 그런 사람이 있다.

오랜만에 만나도 마치 어제 만난 것처럼

어색하지 않고 반가운 사람.

나도 누군가에게 그런 사람이 되고 싶다.

## 관계에도
## 시기가 있다

나를 흘러간 많은 인연들이 있다. 어떤 인연은 계속 내 주위에 머물고, 어떤 인연은 어디로 흘러갔는지도 모른다. 돌이켜보면 시기별로 달랐다. 매 시점 사람을 보는 기준이 변한 탓도 있을 테다.

어릴 때 막역하기만 했던 친구를 성인이 되어 다시 만난 적이 있었다. 그간 세월의 벽이 컸던 탓일까. 서로 변해버린 성격과 가치관 때문에 예전 같지 않고 서먹하기만 했다. 지난날 추억을 공유할 수는 있지만, 그 이상 관계의 진전은 힘들었다.

시간은 속절없이 흘러간다. 환경은 변해가고, 고단한 일상 속 관계에 힘쓸 여력조차 사라져만 간다. 안부를 묻는 것조차 힘들어지니 자연스레 소원해진다.

이것만은 온전할 거라 믿었건만,
내 마음도 변한다.

## 당신의 빛깔,
## 당신의 맛

와인을 좋아하는 형이 이런 말을 하더라고.

와인을 마실 때는 새로운 친구를 만나는 기분이야. 누군가는 고
상한 취미로 치부해버릴지도 모르지만, 내게는 늘 새로운 즐거
움을 주지. 처음에는 와인의 외적인 모습에만 치중해서 보게
돼. 가치의 기준을 겉모습으로 밖에 판단할 수밖에 없으니까.
뚜껑을 열어 잔에 따라 붓고 나서야 몰랐던 와인의 빛깔을 접하
게 되지.
여기서부터가 중요해. 그 맛이 자신의 취향인지, 아닌지. 의외로
전혀 기대하지 않았던 와인이 풍미가 있을 수도 있는 거잖아.

와인도 열어봐야 풍미를 알듯이
사람도 만나봐야 풍미를 아는 거야.

## 기억으로
## 이루어진 우리

"다음에 만나."

언제일지도 모르는 기약을 하고 헤어진다. 시간이 흘러 갈수록
만나는 일이 점점 더 힘들어지니, 이 치열한 삶이 무정하기만
하다. 고작 오랜만에 만난다는 일이 대사가 있을 때다. 한편으
로는 슬프지만 무소식이 희소식이라는 말도 슬슬 공감이 간다.

우리의 관계는 기억으로 이루어져 있다.
만나는 빈도가 줄어들수록 기억은 어렴풋해져만 갈 테다.

아무렴 어때.

비록 세월이 흘러 우리가 사라진다한들

그 순간순간을 함께 공유했다는 것이 중요하겠지.

## 저마다의
## 사연

간혹 우리는 누가 더 불행한지 대결이라도 하듯 힘든 일들로 설전을 벌인다. 다들 겉으로는 아무렇지 않은 듯 보이지만, 저마다 깊은 사연 하나쯤은 다 가지고 있다. 나만 아픈 줄 알았는데 알고 보니 매한가지다.

그렇다고 속마음을 털어놓는다 해서 모든 이와 가까워지지는 않는다. 상대방과 마음이 맞지 않으면 소용이 없다. 맞지도 않는 퍼즐을 억지로 맞추려 할수록 서로가 피곤할 뿐이다. 그럼, 구태여 타인에게 어두운 부분을 쉽게 보여줄 필요가 있을까. 도리어 결핍되어 보일지도 모른다.

관계가 두터운 사람과 감정을 공유하는 것은 좋지만
모르는 이에게는 적당함을 유지하는 편이 좋을지도.

## 이해라는 말이
## 이해가 안 돼

상대방을 위로하기 위해 이해한다는 말을 습관처럼 건넸다. 그러다 가까운 이가 화를 내며 말했다. 겪어보지도 않고 매번 그런 말을 하냐고. 순간 뒤통수를 한 대 얻어맞은 기분이었다. 틀린 말이 아니었다. 당사자가 아닌 이상 그 심정을 알기는 힘드니까.

이해와 공감.
참 쉬워 보이면서도 어려운 단어다.
자칫 상대방의 해석에 따라 충분히 의미가 달라질 수 있다.

그날 이후로는 이해한다는 말을 아끼게 되었다.

## 기대라는 감정을
## 지우다

자신에게 한 기대가 무너지면 냉정하게 스스로를 책망하면 된다.
그러나 타인이 기대를 저버리면 나무랄 수가 없다.
기대가 크면 그만큼 실망도 큰 법이다.

차라리 애초에 '기대'라는 감정을 '관심'으로 바꿔보는 것이 어
떨까. 그럼 기대를 저버릴 일도 실망할 일도 없잖아.

## 모든 만남의
## 의미

번잡한 곳을 갈 때마다 번번이 느낀다. 태산이 높다하되 하늘아래 뫼라지만, 내 눈에는 사람들밖에 보이지 않는다. 그 수를 헤아린다는 것은 감히 엄두도 못 낼 정도다.

새삼스레 다시금 느낀다. 이 넓은 세상에서 같은 시간과 공간에서 함께 공생할 수 있다는 것은 얼마나 경이로운 일인지를.

모든 만남은 다 소중하다.

비록 지난 인연일지라도,

스쳐 지난 인연일지라도,

일생에서 서로를 만날 확률은 희박하니

하나하나 나름 의미가 있지 않을까.

## 색안경

상대를 험담하기 좋아하는 자에게는 마음을 깊이 열지 않는 것이 좋다. 어느 모임이든 꼭 한 명씩 그런 사람이 등장하기 마련이다. 그중에서도 특히 내가 겪어보지도 못한 사람을 자신의 경험을 토대로 선입관을 주입시켜버리는 일은 정말 무섭다. 누군가를 만나보기도 전에 색안경을 끼고 볼 수밖에 없으니까.

비록 그런 말을 들었다 한들 소문으로만 그 사람을 판단해서는 안 된다. 제각기 살아온 환경이며, 성격, 가치관이 다를 터인데, 어찌 겪어보지도 않고 그 사람을 판단할 수가 있을까.

상대가 나와 맞지 않는 사람일지라도
타인을 뒤에서 험담하거나 욕하지 말자.

## 엉킨
## 실타래

풀리지 않는 다툼의 연속. 그 사이 앙금이란 벽돌은 차곡차곡 쌓여
만 간다. 어디서부터 잘못된 걸까. 꼬여버린 매듭을 풀려고 하면 할
수록 이상하게 더 꼬여만 간다. 가위로 싹둑 잘라야 엉킨 실타래가
풀리는데 생각처럼 쉽지가 않아 망설여진다. 그럴수록 지쳐서 말조
차 꺼내기 싫어진다는 사실도 깨닫지 못한 채.

결국, 허물 수 없는 견고한 벽이 만들어진다.
서로 마주 보기조차 싫어 같이 쌓아 올린 다툼의 벽이.

## 꼴불견

있는 척, 잘난 척, 아는 척.

적당한 척은 자신을 포장할 수 있게 도움을 주지만, 허세가 도를 넘어서면 꼴불견이다.

실제로 주변에 그런 사람이 있다. 한번은 목적지가 초행이니 네비게이션을 이용하자고 했다가, 내 말은 듣는 둥 마는 둥 자신이 잘 안다며 손사래를 치고선, 전혀 막다른 골목으로 와버렸다. 미안하다는 말은커녕 도리어 길이 이상하다며 큰소리를 치는 친구에게, 처음이면 그러려니 하고 넘어가겠지만 번번이 이러니 나도 모르게 짜증이 나서 한마디를 할 수밖에 없었다. 안 보면 그만이라 쉽게 생각할 수도 있겠지만, 세상사가 꼭 그렇지만은 않으니.

탈무드가 말하길 배움에는 왕도가 없다고 했다. 모른다는 것을 부끄러이 여겨 숨기는 것이 더 부끄러운 일이다. 조금은 마음을 열어 상대의 이야기에 귀를 기울여보는 건 어떨까.

## 자존감
### 自尊感

필요 이상의 자존감은 독이 된다. 앞으로 더 발전할 기색이 농후한데도 불구하고, 자신이 만든 새장 속으로 점점 가둔다.

생각보다 우리 주변에는 지나치게 자존감에 도취된 사람이 많다. 아집이 하도 강해 무슨 말을 해본들 씨알도 안 먹힐 정도다. 그럴수록 타인의 의견을 받아들이는 것은 더 어려워진다.

한 사람이 대단해봤자,
얼마나 대단하겠는가.
큰 세상 앞에서 초연해질 수밖에 없거늘.

자신의 한계를 인정해야
새로운 것들을 받아들일 수 있다.
그래야 내가 한 뼘 더 성숙해진다.

## 적어도
## 너에게는

겉으로는 위해주는 척
응원해주는 척

막상 자신은 정말 힘든데 남들이 행복한 걸 못 보겠어서
진심으로 네가 잘 되길 바라는 사람은 진짜 몇 안 될 거야
이런 마음이 이해된다는 게, 사람 마음이 참 간사한 것 같아

나는 그러지 않을게.
적어도 너에게는.

## 비밀을 지킬 수 있는
## 유일한 방법

친구에게 힘들게 털어놓은 내 속사정을 다른 이의 입에서 듣게
되었다. 그 순간 이루 말할 수 없는 당혹감이 해일처럼 밀려왔
다. 누구에게도 들키고 싶지 않았던 비밀이었는데, 제3자가 알
아버렸다는 생각에 화가 나기도 했다. 애써 욱신거리는 마음을
뒤로 한 채, 아무렇지 않은 듯 이야기를 흐지부지하게 얼버무려
버렸다.

한동안 꺼림칙한 기분이 쉽게 가시지 않았다. 무엇보다 믿을
수 있는 친구를 사귀는 것이 좋겠지만, 그래도 비밀을 지키고
싶다면 확실한 방법은 하나뿐이다.

슬프지만,

아무에게도 말하지 않는 것.

## 내가 선택한
## 나

고급 레스토랑에서의 식사
매일매일 특별해 보이는 일상
비싼 명품을 걸치고 화보처럼 찍은 사진
모두 내가 선택한 내 모습이다.


가끔 SNS를 보다 보면 괴리감이 느껴진다. 좀 더 멋지게 보이기
위한 삶은 자신을 힘들게 할 뿐인데, 한편으로는 이해도 간다.


우리는 타인에게 비치고 싶은 모습이 있고
잊히는 것을 두려워하니까.

## 빛 좋은
## 개살구

자신의 포부를 금세 이룰 수 있을 것처럼 주위 사람들에게 호언
장담하는 친구가 있다. 처음에는 그런 모습이 인상적이라 응원
을 보냈다. 하지만 그는 매번 이야기만 할 뿐, 노력하는 모습은
보여주지 않았다.

혼자 생각해도 될 것을 구태여 그렇게 매번 각오를 다져야 할
까. 노력이라도 수반되면 좋으련만, 딱 빛 좋은 개살구 격이다.

세 치 혀로 떠드는 백 마디 말보다,
때로는 말없이 묵묵히 제 길을 걷는 것이 좋다.

## 선의인지,
## 아닌지

사람들은 대개 받은 것보다는 준 것을 기억하는 편이다. 그리고 대부분은 상대방에게 원하는 것이 생기기 마련이다. 가령 난 너에게 이만큼 해줬으니, 너도 이만큼 해줬으면 좋겠다는 식이다.

한 번은 친구가 취업준비를 한다며 자기소개서를 대필해달라고 부탁해왔다. 얼마 전에 비싼 밥을 샀으니 좀 부탁한다는 식이었다. 완성된 글을 수정해달라는 것도 아니고, 처음부터 써달라고 하니 진정성이 떨어질 것 같아 정중하게 거절했다.

연인, 친구, 직장 동료 등 관계를 불문하고 이런 경우가 비일비재

하다. 되레 상대에게 명확하게 이야기해주는 것이 서로 편하다.

그것이 선의인지. 아닌지.

어쨌든 받는 쪽도

부담을 가질 수밖에 없는 것이니.

## 그냥
## 저냥

"요즘 어떻게 지내?"
"그냥 지내."
"그냥?"
"그냥저냥 지내."

잘 지내는 것 같지는 않고,
그렇다고 잘 못 지내는 것 같지도 않다.
그냥 지낸다 하면 좀 없어 보이니
그냥저냥 산다고 말했다.

## 잘 살고
## 있는 건지

하루에도 수십 번 생각한다.
과연 내가 잘 살고 있는 건지.
속절없는 세월에 몸을 맡긴 채,
흘러가며 사는 건 아닌지.

아니
이런 생각이 든다는 것 자체가
잘 살고 있는 것일지도 모르지.

Part

2

누군가의 꿈

## 겨울보다
## 더 추운 마음

유난히도 춥던 지난겨울 밤. 영하의 날씨에도 불구하고, 허리가
구부정한 할머니가 쓰레기더미를 뒤지고 계셨다. 심지어 손에
는 장갑도 끼지 않은 채로.

다가가 보니 공병이나 버리는 상자를 찾고 계시던 모양이었다.
손수레라도 있으면 좋으련만. 버려진 유모차에 꾸역꾸역 폐품
을 싣고 계셨다. 저 정도면, 고작 라면 한 개 값어치밖에 안 될
텐데. 괜스레 눈시울이 붉어졌다.

어쩌면 할머니께서 끼니를 때우느라 매일 추위와 사투를 벌이

고 있을지도 모른다는 생각이 들었다. 너무 안쓰러워 더는 지켜만 볼 수가 없어, 할머니께 조심스레 다가가 만 원짜리 한 장을 건넸다. 불쾌할 수도 있을 것 같아 최대한 정중하게 말했다.

"손자가 주는 용돈이라 생각하시고, 따뜻한 밥 한 끼라도 드세요."

할머니는 받을 수 없다며 손사래를 치셨다. 하는 수 없이 넌지시 손에 쥐어주고 도망치듯 슬쩍 사라졌다. 한동안 마음이 편치 않았다.

영하의 겨울 추위보다
우리가 사는 세상이
더 추운 것 같은 기분이 드는 건 왜일까.

## 노력만이
## 답이 아니야

세상에는 정말 좋은 책과 영화 들이 많다. 하지만 수많은 작품이 미처 접해볼 기회도 없이 잊혀간다. 아마 그 숨겨진 주옥같은 작품들을 다 찾아서 보는 데에는 평생을 써도 부족할지 모른다.

그럼, 각고의 노력을 기울였던 작가들의 시간은 어떻게 보상받을까. 보상받지 못한다면 자기만족 정도로 위안을 얻을 수밖에 없을 테다. 공연스레 만사가 노력만이 답이 아닌 것 같아 쓸쓸하다. 끝이 좋으면 그 과정이 아름답게 미화되는데, 좋지 않으면 폄하되어버리니.

노력한 만큼 이루어지는 연금술이라도 있었으면 좋겠다.

노력이라는 원소를 넣으면,
그에 상응하는 대가가
등가교환처럼 이루어지는 공식이.

## 최고가 아니면
### 어때

음악 하면 모차르트, 베토벤, 하이든이 먼저 떠오른다. 세상은 늘 최고만 기억한다. 부정하고 싶지만 인정할 수밖에 없다. 분명 그들보다 노력을 많이 하고도 빛을 보지 못한 이도 많을 것이다.

영화 〈아마데우스〉에서, 나는 천재 모차르트에 가려진 살리에리를 처음 만났다. 영화에서는 열등감이 가득 찬 캐릭터로 묘사되어 있었다.
아무리 노력해도 넘을 수 없는 모차르트를 향한 감정이 나에게 너무나 와닿았다.

'욕망을 갖게 했으면 재능도 주셔야지.'

살리에리의 한마디가 내 마음을 울렸다. 사실 그의 광기 어린 행동은 영화로 각색되면서 왜곡된 면이 많다. 당대에 그는 비엔나에서 가장 유명한 음악가였다고 한다. 베토벤, 슈베르트, 리스트 등 이름만 들어도 아는 거장들이 그의 제자이고, 하이든과도 교류를 했다고 하니, 얼마나 대단했는지를 여실히 증명해준다.

하지만 세상은 모차르트만 기억한다. 이렇게 재평가를 받게 된 것도 모차르트 덕분이다. 나중에는 천재를 향한 열등감을 느끼는 증상이라는 뜻으로 '살리에리 증후군'이라는 신조어까지 생기면서 오욕을 남겼다. 알고 보면 살리에리는 자신의 틀 안에서 최선을 다해 음악을 한 사람인데, 아직도 모차르트의 가려진 비운의 작곡가로 기억되는 현실이 안타깝다.

## 분노는 분노를
## 유발한다

신호를 기다리다 잠시 한눈을 판 사이 뒤차가 경적을 빵빵 울려 댄다. 차선 변경을 하려 해도 쉽게 양보해주지 않는다. 심지어 무리하게 끼어들기를 시도해 간담을 서늘하게 만들기도 한다. 그런 이들은 운전 중에 한 번씩 트러블이 생기면 차창 너머로 큰소리를 친다. 그 싸움에 응하게 되면 일촉즉발의 아찔한 상황 이 되어버린다. 다들 뭐가 그리 급한지, 왜 그렇게 분노에 차 있 는지.

사실 우리는 도로뿐만 아니라 어디서든 분노를 마주할 수 있다. 우르르 몰려 버스를 서로 먼저 타려는 사람, 음식점에 주문한 음식이 늦다고 짜증내는 사람, 조금만 잘못해도 크게 나무라는 직장 상사 등 셀 수 없이 많다. 상대가 화를 내면 자연히 당사자도 화가 나기 마련이다.

분노는 분노를 유발할 뿐이다.
나부터라도 먼저 여유를 가지고 감정을 조절해보는 건 어떨까.

## 평정심

平靜心


예상치 못한 다급한 일이 생겼을 때는 노심초사한 마음에 어떻게 무엇부터 해야 할지 갈피를 잡기 힘들다. 그럴수록 마음을 진정시키고, 천천히 고민하면서 빠르게 행동해야 한다. 마음만 급하면 불필요한 실수를 연발해서 더 안 좋은 결과를 초래하기 때문이다.


그날은 마치 머피의 법칙을 증명이라도 하듯 동시다발적으로 급한 일이 생겼다. 의지와 상관없이 급해져오는 마음, 정해진 시간 안에 일을 마무리해야 한다는 강박감이 나를 짓눌렀다. 그러다 그만 신호를 무시하고, 급하게 운전대를 몰다 접촉사고가

났다. 엎친 데 덮친 격으로 상황은 걷잡을 수 없을 정도로 자꾸만 나빠졌다. 어차피 일어난 일은 되돌릴 수 없으니 침착했어야 했다. 말은 참 쉬운데 막상 상황에 부닥치면 이성을 유지하기 참 어렵다.

그래도 다시 한번 되뇌인다.
어떤 상황이든 평정심을 잃지 말자고.

## 오묘한
## 세상사

참, 세상사는 알다가도 모를 정도로 오묘하다. 일이 한번 꼬이기 시작하면 설상가상으로 더 꼬여 지독하게 안 풀린다. 어둡고 캄캄한 숲에서 나 혼자 길을 잃고 헤매는 꼴이다. 막상 자포자기 심정으로 희망을 버리고 단념하자, 되레 일이 술술 잘 풀리기도 한다. 이제야 잘 풀리나 싶어 자긍심을 가지면 쌓아온 모든 것이 거짓말처럼 또 한순간에 뭉그러져버린다.

그래서일까.
언제부터인가 긴장의 끈을 놓지 못하고 있다.
예기치 못한 순간이 올지 안 올지는 모르지만,

마음의 준비는 항상 할 수 있으니.

## 맹목적인
## 믿음

어떤 날은 지인의 전화보다, 광고 회사에서 오는 스팸 전화가
더 많을 때가 있다. 어디서 알고 그렇게 꾸준하게 연락을 하는
지 놀랍기만 하다. 한번은 고생하는 텔레마케터의 이야기를 들
어주었다가, 그게 화근이 되어 피해를 입은 적이 있었다.

잘 알지 못하는 누군가가 내게 와서 믿으라고 아무리 메아리쳐
도 맹목적으로 믿는다는 건 힘든 일이다. 일단 작은 일이라도
의심부터 해봐야 한다. 당하고 후회하는 것보다는 나으니.

그래,

어쩌면 아무도 쉽게 믿지 못하게 된 건

그만큼 사람을 믿어왔다는 이야기일지도 모른다.

## 소태<sup>笑態</sup>의 이면

일본의 한 식당에서 근 1년간 아르바이트를 한 적이 있었다. 얼마나 가게가 바빴던지, 평일에도 북적이는 손님들로 북새통을 이루었다. 일하는 내내 앉아서 쉬거나 숨 돌릴 겨를도 없을 정도였다. 하지만 몸보다 더 힘든 것이 하나 있었다.

늘 손님 앞에서는 웃음을 잃지 않아야 한다는 것.

출근하면 곧바로 인사연습부터 했다. 점장은 어떤 손님이라도 손님은 신이라며, 그에 합당한 대접을 해주는 자세로 일에 임하라고 강조했다.

항상 입꼬리를 억지로 올려가며 웃는 일은 여간 쉬운 일이 아니었다. 한 번은 계산을 하다가 거나하게 취한 손님이 나에게 동전을 던졌다. 화내고, 소리치고 싶은 마음이 굴뚝같았지만 최대한 웃으며 상황을 무마하려 했다.

그런 마음을 아는지 모르는지. 취객은 반말과 욕설을 섞어가며 더욱 퉁명스럽게 나를 대했다. 하지만 뒤에서 지켜만 보는 점장 때문에 끓어오르는 분노를 몇 번이고 삭였다. 왜, 이런 몰상식한 행동을 하는 사람에게까지 손님이라며 대우를 해줘야 하는지 도통 이해가 되질 않았다.

일본에서는 실제로 무례한 손님 탓에 스트레스를 받은 이들이 후유증으로 정신병이나, 심하면 안면마비까지 얻어 고생한다고 한다. 감정 없는 웃음이 습관이 될수록 진정 당사자의 입장에서는 웃음을 잃어버리는 것은 아닐까.

웃음과 친절을 강요하는 세상.
손님의 입장에서는 친절한 서비스를 받아서 좋을지도 모르지만, 그 이면에는 짙은 그림자가 있다.

이제는 정말
웃고 싶을 때만 웃고 싶다.

## 새벽
## 시장

삶이 고단하거나 나태해질 때쯤이면 한 번씩 새벽시장을 나간다. 동이 트기가 무섭게 상인들은 분주하게 손님을 맞을 준비를 한다. 제 아무리 추운 겨울의 한파가 들이닥쳐와도 이곳의 열기를 꺾을 수 없다.

금세 생기 넘치는 시장에서 김이 모락모락 나는 두부 한 모와 아침에 먹을 오색 나물을 샀다. 인심 좋으신 할머니는 남는 게 있나 싶을 정도로 많이 담아주셨다. 미안한 마음에 거스름돈은 필요 없다며 만 원짜리를 쥐어주어도, 할머니는 손사래를 치며 꼬깃꼬깃 천 원짜리 세 장을 거슬러주셨다.

따끈따끈한 먹을거리를 들고, 아슴푸레한 가로등이 있는 골목을 지나 집으로 돌아가는 길, 그간 나태했던 마음은 새벽시장의 열기와 따뜻한 정을 받는 사이 사라져버렸다.

## 누군가의
## 꿈

종종 나는 지구 반대편에서 일어나는 끔찍한 일들을 보고 듣는다. 전쟁이나 테러로 인해 가족을 잃고서 뿔뿔이 흩어진 난민, 기아에 허덕이다가 굶어 죽는 아이들. 그 수가 무려 10억이 넘는다고 한다. 현실감 없는 이야기다. 아직도 믿겨지지 않는다.

종종 무심결에 내뱉는 투덜거림이 무안하기만 하다. 우리가 당연하게 누리고 있는 것들이, 어떤 이에게는 그토록 바라는 꿈일지도 모른다.

하나하나 내가 누리고 있는 것에 대한 고마움을

항시 잃지 말아야겠다.

## 금상첨화
### 錦上添花

똑같은 구조와 똑같은 인사말, 정해진 레시피. 프랜차이즈 식당은 어딜 가나 비슷한 맛과 서비스를 보장받을 수 있지만, 색다름이 없다. 도리어 요즘은 구수하고 오래된 손맛을 느낄 수 있는 허름하고 낡은 곳이 좋다. 재래시장 모퉁이 가마솥에서 하얀 김이 모락모락 피어오르는 어느 식당. 사람 냄새 풍기는 주인 할머니의 정성이 담긴 푸짐한 순대국밥 한 그릇. 당연히 맛이 없을 수가 없다. 거기에 가격까지 저렴하니 금상첨화다.

## 혼자가
## 편할 뿐인데

퇴근길 후쿠오카의 허름한 선술집 구석에서 마시는 생맥주 한 잔은 고단한 객지생활의 유일한 낙이었다. 혼자 보내는 평온한 시간이 좋아진 것은 그때부터였다. 누가 돈을 낼지 눈치를 볼 필요도 없을뿐더러 타인의 취향을 고려하지 않아도 된다.

그 후 종종 혼자 극장에 가서 좋아하는 영화를 보고, 전차를 타고 여행도 다녔다. 또 비가 내리는 날이면 정취에 취해 창밖이 훤히 내다보이는 카페에 들러 글을 쓰기도 했다.

하지만 여전히 혼자 있는 것을 두려워하는 사람이 많다. 그건 아마 바라보는 시선의 차이일 테다. 남이 누구와 있건 신경 쓰지 않는 사람도 많지만 주위에서 아니꼬운 눈초리로 보는 사람이 많으니.

왜 외롭고, 불쌍하다고,
동정 어린 눈빛으로 보는 것일까.
그냥 혼자 있는 것이 편할 뿐인데.

## 모두가 똑같을 수는
## 없잖아

지하철을 타고 가던 길이었다. 같은 칸에 히잡을 둘러쓴 두 명
의 여인이 있었다. 사람들은 생소한 모습에 신기한 듯 뚫어지게
그녀들을 쳐다봤다. 시선이 부담스러웠는지 고개를 푹 숙인 채
로 서 있는 그녀들이, 어딘지 모르게 안쓰러웠다.

어떤 것이든 '보통'을 정의하라면 기준이 모호해서 주관적일 수
밖에 없다. 우리는 많은 사람들이 생각하는 쪽을 무난하게 사회
적 통념으로, 정상으로 본다. 물론 정해진 틀에서 벗어나지 않
고, 평범하게 사는 것도 나쁘지 않다. 하지만 왜, 자신과 다른 것
에 그토록 적대적일까. 지하철을 타다 보면 피부색이 다른 외국

인뿐만 아니라, 개성이 강한 옷차림을 한 사람에게도 눈길이 쏠리는 건 마찬가지다. 기성세대일수록 그런 경향이 더 심하다.

세상에는 여러 종류의 사람이 있다.
모두가 똑같을 수는 없다.

누구든 저마다의 모습이 있다는 사실을 인정해야만 한다.

## 자그마한
## 틈새

무릇 세상에 완전무결한 사람은 존재할 수 없다. 있다 한들 그 모습은 신뢰가 가지 않는다. 빈틈없이 완벽해 보이는 사람은 선뜻 다가가기가 어려운 것처럼, 어느 정도 속내를 털어놓을 필요가 있다. 항시 누군가가 들어올 수 있게 마음에 자그마한 틈새를 내어준다고나 할까.

아무래도 뾰족한 칼날 같은 차가운 사람보다,
약간은 무딘 사람이 좋으니까.

## 예술에
## 던지는 질문

진정한 예술이란 무엇인가?

이 질문에 답을 한다는 것은 상당히 어려운 일이다. 당대에 졸작 취급을 받다가 후에 가치를 평가받는 경우가 꽤 많기 때문이다.

세계적으로 유명한 화가 빈센트 반 고흐는 생애 이천 점이 넘는 그림을 그렸다. 그러나 살아생전에 돈을 받고 판 그림은 단 한 점밖에 되지 않는다고 한다. 당시의 반응이 얼마나 냉담했는지 여실히 느껴지는 대목이다. 사실 그는 미술교육을 제대로 받은 적도 없으며, 모델을 구할 돈이 없어 그 유명한 자화상을 그리기 시작했다고 한다. 시간이 갈수록 자화상의 정도나 경지는 깊어져만 갔지만, 서른일곱의 나이로 요절할 때까지 세상은 그를 알아주지 않았다.

이렇게 단편적인 이야기만 들어도 깊은 슬픔이 밀려온다. 정작 본인은 얼마나 고독했을까. 감히 가늠조차 할 수 없다. 사후에 서야 후배 화가들에 의해 재평가받아, 지금에서야 미술의 거장이라 불리고 있다.

그의 그림 한 점을 보는 데에는 단 1초의 시간밖에 걸리지 않는다. 한데 작품이 주는 여운과 화가의 노력은 상상을 초월한다.

이처럼 고흐 외에도 예술을 하다 중도에 포기하거나 주목받지 못한 사람이 얼마나 많을까. 세상에는 생각보다 좋은 예술작품이 많은데 접해볼 기회도 없이 잊혀가고 있다.

오늘날 예술을 한다는 사람들은 겉으로는 그럴싸하게 보이지만, 실상은 궁핍하여 생활고를 겪는 사람이 부지기수다. 솔직히 나는 고흐처럼 고달픔을 각오하고 예술가가 될 자신은 없다. 허나, 예술을 한다고 해서 꼭 그것에만 매진해서 고단한 삶을 살 필요가 있을까. 적어도 요즘 같은 시대에서는 최소한의 생활을 할 수 있는 수입원이나, 직업을 가지는 편이 오히려 꾸준히 예술을 할 수 있다는 생각이 든다.

현실은 생각만큼 녹록치 않으니까.

## 공든 탑도
## 무너진다

공든 탑이 무너지랴.
정성이 지극하면 돌 위에 풀이 난다.

속담은 어디까지나 속담일 뿐, 진리는 아니다. 정성 들여 연애
의 공든 탑을 오랫동안 쌓아 올려왔던 친구가 있었다. 한데 결
혼을 앞두고, 일순간에 무너져버렸다.

말할 수 없는 상실감과 실연의 고통이 컸던 걸까. 오랜만에 만
난 그는 생전하지도 않던 게임을 시작했다고 했다. 그 이유는
간단했다. 슬픈 생각을 할 틈이 없고, 무엇보다 시간을 투자한

만큼 성과가 나와서 좋다고 했다. 안타까웠지만 공감이 갔다.

게임은 하면 할수록 노력한 만큼 결실을 얻는데,
우리가 살고 있는 세상은 노력한 만큼 결실을 주지 않는다.

도대체 인생은 얼마나 어려운 게임인 걸까.

## 새장에 갇힌
## 새마냥

훗날 잘되라는 애정 어린 관심일지라도
그 누구도 꿈을 강요할 권리는 없다.

유년기에 피아노와 미술 학원을 꽤 오래 다녔었다. 덕분에 소질
이 없다는 것을 빨리 알았지만. 그 당시는 방과 후 학원을 많이
다니던 것을 자랑스럽게 여겼다. 자식이 남들보다 뒤처질까 하
는 우려에서 나온 부모가 만든 유행이랄까. 어른의 지나친 욕심
이 아이를 틀 속에 가둔 격이다.

모처럼 본가에 들러 유치원 앨범을 보다가 나도 모르게 피식했

다. 자기소개란에 장래희망이 의사였기 때문이다. 또래 친구들도 판사, 변호사, 선생님, 과학자 같은 직업이 대다수였다. 유아기부터 새장에 갇힌 새마냥 똑같은 꿈을 꾸고 살도록 강요받아왔던 것이다.

학창시절도 정해진 규칙 속에서 시험의 연속이었다. 모의고사, 중간고사, 기말고사. 어찌나 많던지. 지금 생각해도 혀를 내두를 정도다.

그런데 참 이상하다. 시험을 잘 치는 방법을 알려주는 선생은 있어도, 마음을 알아주는 스승은 별로 없었다.

## 원칙이 위험을
## 부르다니

운전을 하다 보면 신호를 지켜야 하나 고민하게 되는 경우가 있다. 바로 교차로에서 녹색등이 주황색등으로 바뀌는 찰나다. 바짝 따라오는 뒤차라도 있으면 급히 브레이크를 밟는 순간 충돌할 가능성이 있다.

애초에 차간거리를 유지했으면 그런 상황이 생기지도 않을 텐데. 누군가가 원칙을 어기니, 원칙을 지키는 것이 오히려 위험해진다. 언제부터인가 우리는 건널목 앞에서도 신호가 바뀐다고 해서 바로 건너지 않는다. 혹여나 차가 오지는 주위를 먼저 살펴야 한다.

그런데 보면 볼수록

원칙이 위험을 부르는 이 상황이 정말 재미있다.

## 최선을
## 다하는 삶

성공한 사람들은 두려움을 버리고 하고 싶은 일을 좇아가라며 역설한다. 그건 그들만이 말할 수 있는 특권일 뿐, 현실 속의 나를 움직이게 할 수는 없다. 지금 살고 있는 삶의 틀을 깬다는 것이 얼마나 어려운 일인가. 도리어 현재의 상황을 받아들여 할 수 있는 범위 내에서 최선을 다하는 편이 좋지 않을까 싶다.

나는 지금껏 일하면서 그게 하고 싶었던 일이었든, 하기 싫었던 일이었든, 순간순간 최선을 다했다. 적어도 내가 그 값어치는 했다는 생각이 들어 뿌듯하기도 했다.

주어진 일에 최선을 다하다 보면 예기치 못한 기회가 찾아올지도 모른다. 불평불만을 세세하게 토로하는 것보다, 매 순간 최선을 다하는 삶이 낫다.

현재의 환경은 쉽게 바뀌지 않는다.
바꿀 수 있는 용기가 없다면
작은 순간부터 최선을 다하자.

## 늪

무거운 눈꺼풀을 억지로 일으켜 세우며
흐리멍덩한 정신으로 아침을 맞이한다
오늘 하루 일과를 머릿속에 정리해보니
궁극적으로 돈을 벌기 위한 일들이 대부분이다

아, 우리는 자유의지를 상실한 채
세상이 정해놓은 순리대로 삶을 살고 있구나

벗어나고 싶어도 벗어날 수 없는 늪에서

## 아노미

모든 인간이 평등하다는 말을 공리(公理)처럼 배웠다. 얼마나 멋진 말인가. 허나, 어디까지나 막연하고 추상적일 뿐이다. 정신적으로는 평등할 수 있을지 모르지만, 물질적인 면에서는 출발선 자체가 아예 다르다.

평생을 으등부등 일개미처럼 노력해도 이루지 못한 것을 베짱이는 손쉽게 얻는다. 거북이처럼 부단히 기어간들, 사부작거리는 토끼 발밑이다. 구전동화는 말 그대로 옛말이다. 물론 간혹 개천에서 용 나는 정도로 예외가 있기도 하다.

칸트는 인간이 '수단이 아닌 목적'이 되어야 한다고 했다. 우리는 자꾸만 커지는 자본의 수단으로만 전락하고 있는지도 모른다. 가진 것이 많다면 그나마 여유라도 있을 텐데, 안타까운 현실이 서글프기만 하다.

## 시간이 멈췄으면 좋겠어

해가 뜨고 진다
달이 뜨고 진다

어김없이 무미건조한 하루가 지나가고
그날의 기억은 새하얗게 사라져간다

반복되는 일상 속에 의욕을 잃어버린 우리
그저 시간을 멈추고만 싶다

## 채우고 싶어도
## 채울 수 없는

권태롭고 노곤한 일상에 생기를 불어넣는 것은 자신의 몫이다. 곳곳에 숨어 있는 맛집을 찾아다니거나, 꿈꿔왔던 곳으로 여행을 다녀온다든가. 제각기 방법은 다양하다. 불필요하게 소모되었던 감정을 다시 충전해줄 수는 촉매제 역할을 해준다면야 뭐든 좋다.

요즘은 자꾸만 그 기대치가 높아져간다. 반복적으로 똑같은 감정을 소모하다 보면 자연스레 감흥이 없어지니, 보다 강렬하게 느낄 수 있는 것을 찾게 된다. 하지만 그 범위가 제한적이다.

부족함이 쉽게 채워지지 않는다.

## 욕구

경영학을 전공하면서 매슬로의 5단계 욕구를 처음 배웠다. 그중 1
단계인 생리적 욕구가 해결되지 않으면 그다음 단계로 넘어갈 수
가 없다는 내용이 매우 인상적이었다.

당장 배가 고파서 죽을 것 같은데 자아실현이 무슨 소용이 있으랴.
집이 없어 춥고, 잠을 편히 잘 수도 없는데 사회적인 욕구가 생길
수나 있을까. 결국, 1차적 욕구가 충족되지 않는다면, 2차적 욕구는
파생조차 되지 않는다.

힘들든, 즐겁든, 슬프든,

그 어떤 상황이든 우리는 먹고 자야 산다.

## 자신이
## 중요해

정작 내가 무너지고 나서야 깨달았다.

자기 자신이 강하지 않으면,
그 무엇도 지킬 수 없다는 것을.

나 하나도 못 챙기면서 항상 누군가를 챙기려 했으니. 바보같이.

## 한계에
## 직면

미뤄왔던 공부
미뤄왔던 만남
미뤄왔던 여행
미뤄왔던 일들이 차곡차곡 쌓여만 간다.

요즘 따라, 시간이 모자란다는 건 핑계라는 말이나, 미룰 거면
당장 하라는 말마저 거부감이 든다. 모래시계의 모래는 자꾸 없
어져만 가는데, 하고 싶은 일은 늘어만 간다.

자신이 할 수 있는 한계에 직면했다.

이제는 막연히 하고 싶은 일이 아니라,

진짜 하고 싶은 일을 해야 할 것만 같다.

## 단비

오랜 가뭄 끝에 내린 비가 그동안 갈증에 시달려온 세상을 적셨다. 이내 메말라 갈라진 대지의 틈 사이로 빗물이 잔잔히 스며들었다. 딱딱하게 굳어 있던 토사는 촉촉하게 젖었고, 점점 유해지더니 갈라진 틈을 다시 채워주었다. 모처럼 찾아온 단비로인해 세상은 생기가 돌기 시작했으며, 언제 그랬냐는듯 이전의상태로 되돌아갔다.

나도 극심한 가뭄에 시달려 갈라진 당신의 마음속에
때마침 찾아온 단비이고 싶다.

## 주연과
## 조연

우리는 모두 자기 인생에서 주연이고 싶어 한다.

허나 기대치가 높아 다들 힘들어만 한다.

그런데, 다 주연을 맡으면 조연은 누가 할까?


애초에 주연과 조연은

모두 제 시점에 따라 만든 허상일 뿐인데.

식어버린 마음

식어버린 관계

식어버린 믿음

식어버린 말들

식어버린 열정

식어버린 하루


모든 것에 식어가는 나를

다시 데우는 일이 너무 힘들다

초심을 잃지 않으려 노력해도
자꾸만 식어가는 건 왜일까

## 적당한 것이
## 좋아

낮과 밤의 경계인 해 질 녘
어스름하고 청명한 하늘이 좋다
하늘빛이 참 아름다울 때도 딱 그쯤일 테다
요즘은 이상하게 적당한 것이 좋다

몸서리치게 추운 겨울이나, 땀이 비 오듯 내리는 여름보다 선선
한 봄, 가을이.
너무 쓴 에스프레소나, 달콤한 카라멜 마끼아또보다 약간 시럽
을 넣은 아메리카노가.

정신없이 바쁘거나, 지루하고 단조로운 일상보다 조금 활력이
있는 편안한 일상이.

사람도 사랑도 마찬가지다.
부족하지도 넘치지도 않을, 딱 그 정도가 좋다.

## 세상의
## 양면성

예전에는 안 좋은 상황을 직면해도, 모든 일들을 긍정적으로 생각하던 나였기에 세상은 항상 밝다고 생각했다. 그러다가 어느 순간 그런 생각들이 모두 사라졌다. 무연히 지치고야 말았다. 아무리 아름답게 포장해도, 상황이 좀처럼 나아지지 않았기 때문이다.

어쩌면 밝다고만 생각한 자체가 큰 오류였는지도 모른다. 양면성을 인정하려 하지 않고, 한쪽으로만 생각했으니 그건 세상에 대한 편견이 되어버린 것이다.

## 자발적
## 장애

많은 사람들은 자발적 장애를 앓고 있다.


들을 수 있음에도 두 귀를 막고
볼 수 있음에도 두 눈을 감고
말할 수 있음에도 입을 닫는다.


가장 무서운 건,
무관심과 외면이다.

## 희망
## 고문

원하면 무엇이든 이루어진다는 수많은 성공 공식과 자기 최면
을 마음속으로 몇 번이고 되뇌며 실행해본다. 머릿속에 구체적
인 모습을 그리며 기분 좋은 상상을 하고, 꿈을 위해 할 수 있는
최선의 노력까지.

그런데 왜 아무런 변화가 일어나지 않는 걸까. 좀 더 생생하게
꿈을 꾸어야 하나. 아니면 아직도 내 노력이 부족한가. 불현듯
이 모든 것이 망상이 되어버릴지도 모른다는 불안감이 엄습해
온다.

분명 무언가를 간절히 원하면 이루어진다고,
열 번 찍어 안 넘어가는 나무가 없다고 그랬는데.

아니.
처음부터 수천 년 된 고목이라
도끼로 찍어도 넘어가지 않는 나무도 있는 거야.
지나친 희망 고문은 자신만 지치게 할 뿐이야.

## 꿈

## 낚시

누군가 낚싯대에 미끼로 꿈, 성공, 돈 같은 이상적인 것들이 허울 좋게 매달아 이 세상으로 날려 보낸다. 다들 어려운 지경에서 벗어나고자, 허우적허우적 그 미끼를 물기 위해 필사적으로 애쓴다. 나 역시 마찬가지다. 막상 걸리는 사람은 몇 되지도 않는데, 굶주린 물고기마냥 경쟁은 치열하기만 하다. 발악하는 쪽이 미끼를 물 수 있는 기회는 높아질 테니.

좀 더 많이 미끼를 던져주면 좋을 텐데,
모두 나를 스쳐가기만 한다.

---
고생
---
했어
---

곪아가는 마음속 염증, 채워지지 않는 공허함.

저마다 마음의 병을 앓고 있는 사람이 늘어만 간다. 푸념 섞인 넋두리를 뱉는 이는 많아도 진심으로 들어주는 이는 점점 줄어든다. 그 사이 외로운 고독의 그림자는 우리가 모르는 사이 짙어만 간다.

꼭꼭 숨기려 해도 어김없이 찾아오는 우울증. 굳이 이제는 나쁘다고 생각할 필요도 없다. 이런 세상에서 아무렇지 않게 버틸 수 있는 사람이 오히려 이상하게 보일 정도니.

지금껏 버텨온 나, 그리고 당신께
고생했다고 말해주고 싶다.

Part

3

무
여
진
다
는

것

## 베르테르의
## 무게

모처럼 사람들 틈에서 웃어보기도 하고,
텔레비전 앞에서 멍하니 있어보기도 하고,
발 디딜 틈 없는 공연장에서 소리쳐보기도 하고.

마냥 즐겁기만 한 하루였건만, 적적하게 홀로 남으니 밀려오는
공허함을 떨쳐낼 수가 없다. 갈수록 베르테르가 가졌던 고독의
무게가 나를 누른다. 낯설고 무서워 피하기만 했던 혼자만의 시
간마저 시나브로 익숙해져간다.

아무리 겉모습이 화려한 사람이라도, 돌아서는 뒷모습은 쓸쓸

하기만 하다. 고독은 우리의 일부다. 떼려야 뗄 수가 없다. 늘 내 곁을 지키는 그림자처럼 시시각각 그 형태가 변한다. 해가 중천까지 솟을 때 길이가 가장 짧다가, 해가 저물어가면 점점 길어진다. 그러다 땅거미가 몰려오기 시작하면 짙은 어둠이 세상을 집어삼켜버린다. 그건 유난히 밤에 고독의 무게가 더 나를 누르는 이유일지도 모르겠다.

발버둥 쳐본들 피할 수 없다.
사람은 원래 고독하기 마련이다.
받아들여야만 한다.

_____

감정

_____

탱크

_____

담을 수 있는 분노가 한계에 다다르면 화를 내야하고, 담을 수
있는 슬픔이 한계에 다다르면 울어야 하는데, 꾹 눌러 담았다.
속앓이가 시작된 것은 그때부터였다.

처음에는 가슴에 멍울이라도 진 것처럼 답답했다. 속은 또 얼마나
메스껍던지. 무얼 먹어도 텁텁름해서 뱃속은 더부룩해져만 갔다.
울분이 몸 안에 쌓여가는 걸까. 안은 시커멓게 타들어 가는데 숨기
려 하다 보니 더 곪아갔다. 문드러지기라도 하면 낫는 데 더 오랜
시간이 걸릴 텐데.

이런 날들이 계속 이어질지도 모른다는 생각에 넌더리가 나기 시작했다. 되레 자신의 감정에 조금씩 솔직해지는 편이 낫지 않을까.

무엇보다 중요한 건 내 마음이잖아.

## 보일락
## 말락 한 점

해군 장교로 함정 근무를 하던 시절, 겨를이 있을 때마다 갑판 위로 올라갔다. 드넓게 펼쳐진 대양은 고독에 젖은 나를 언제나 반겨주었다.

하염없이 바다를 바라보다 보면 일정한 간격으로 출렁이는 파도에 넋을 잃고 만다. 지평선 너머 번잡한 도시에서는 우수로 가득 했었는데, 끝없이 펼쳐진 대양 앞에서 그게 무슨 소용이 있을까.

우리는 매 순간 선택이라는 점을 이어 인생이라는 이름의 선을 완성시킨다. 아무리 아등바등 살면서 많은 것을 이루어 멋진 선을 그려내도, 저 멀리 높은 곳에서 내다보면 보일락 말락 한 점일 뿐일지도 모르겠다.

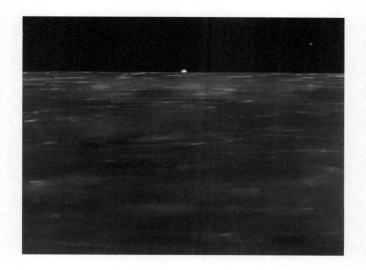

## 어른
## 아이

어릴 적에는 어찌나 시간이 안 가던지, 오로지 스무 살이 되고 싶은 마음뿐이었다.

상대적으로 자유로워 보여서 어른을 더 동경했을까.
좀처럼 끝이 보이지 않던 지루한 터널을 지나 스물이 되었다.
막상 그 자유에 무거운 책임이 동반된다는 것을 깨닫고부터는
모든 것이 달라졌다. 하물며 감정 표현에도 제약이 많았다. 아
이처럼 솔직하게 울고 싶을 때 울고, 웃고 싶을 때 웃을 수 없으
니. 정작 나는 변한 것이 별로 없는데 어른인 척을 할 뿐이었다.

어쩌면 나이라는 숫자는 별 의미 없을지도 모르겠다. 수가 높을수록 경험의 차이는 있지만, 그만큼 성숙해지지는 않으니까.

## 버리지 못하면
## 쌓여만 간다

백화점에서 새로 산 옷을 정리하려 옷장을 열었는데 새 옷을 넣을 자리가 없었다. 언젠가는 입겠지. 버리면 아깝잖아. 그런 생각들이 모여 만들어낸 결과였다.

예전부터 어떤 것에 '추억'이라는 거창한 이름표를 붙이는 순간 애착이 생겨버리곤 했다. 그럴수록 물건들이 곁에 하나씩 쌓여만 갔다. 나를 파묻을 기세였다.

그제야 심각함을 인지했다. 정리정돈을 잘하는 사람은 물건을 잘 버리는 사람이라는 말이 있다. 이제부터라도 조금씩 버리는 습관을 들이려 한다.

버리지 못하면 쌓여만 간다.
정작 필요한 것은 들어올 자리가 없다.
그게 물건이든, 감정이든, 추억이든.

## 도돌이표

따금 공연한 몽상에 빠지곤 한다.

'만약에 그곳에 가지 않았더라면?
'만약에 그 일을 시작하지 않았더라면?'
'만약에 그 사람을 만나지 않았더라면?'

만약에, 만약에, 만약에……

인생에는 수많은 선택의 기로가 있다. 그 결정이 어떤 결과를
초래할지는 알 수 없다. 그때는 후회하지 않을 거라며 다짐했건

만, 그 순간이 무색할 만큼 후회가 밀려오는 이유는 왜일까. 고민이 부족했던 걸까. 생각을 해본들 마찬가지였을까. 묻고 또 물어봐도 답이 나오지 않는다.

마치 도돌이표에 갇혀버린 것처럼.

## 욕망의
## 한계

무엇이든 사야 직성이 풀린다. 한데 자꾸만 높아지는 나의 눈높이는 현실을 반영하지 못해 욕망의 한계를 자꾸만 마주한다. 절제해야 하나. 아니면 무리를 해서라도 가져야 하나. 정신은 피폐해져만 간다.

여기서 절제하지 못한다면, 고장 난 수도꼭지처럼 돈이 줄줄 새어나갈 테다. 고심 끝에 분수에 맞는 합리적인 소비를 하기로 자신과 타협했다. 그게 비싼 명품이든, 뭐든, 나에게 그만한 가치가 있으면 된다.

적어도 고단했던 나날을 보낸 나에게 보상은 해줘야 하잖아.

## 그게 최선인 줄
## 알았어

터무니없는 말만 골라서 해
실없이 실실 웃기만 해서 한심해 보여
미친 사람처럼 이랬다저랬다 해

결핍을 숨기려고
내 진짜를 숨기려고
그게 최선이라고 생각했던 거야
잘못, 생각했던 거야

## 전부
## 나였어

웃으면 행복해진다는 말이 거짓말은 아니었나 봐. 막상 10년을 넘게 그렇게 살아오니 신기하게도 성격이 조금씩 밝아졌어.

작년 봄, 내가 쓴 소설을 처음 책으로 출간하기 전까지만 해도 아무도 내가 글을 쓰는 걸 몰랐어. 가족들조차도. 주변 사람들에게 내가 숨겨온 어둡고 진지한 면을 보이는 게 싫었어. 그동안 그들이 보아왔던 내가 아니라서, 괜히 나를 다른 눈으로 바라볼까 봐.

그런데 이제는 그런 생각을 버렸어.

내 모든 모습에 좀 더 당당해지고 싶어.

그 어떤 모습도 다 나니까.

## 더 잘할 수
## 있었는데

우리나라 프로농구 역사상 개인 득점 순위 1위라는 대기록을 남기고 은퇴한 국보급 센터 서장훈 씨. 눈부신 그의 이력과 달리 자신은 영광의 순간들이 정말 힘들었다고 고백했다.

그는 매번 전쟁에 나가는 장수의 심정으로 경기를 신성시 여겼다. 그게 원인이 되었던 걸까. 같은 시간에 밥을 먹고, 씻고, 화장실을 갈 정도로 결벽에 가까운 징크스가 생겼고, 아직까지 이어지고 있다고 말했다. 어쩌면 지금껏 상대 팀이 아니라 자신과 싸우고 있었던 것일지도 모른다.

왜였을까. 화려한 이면에 숨겨진 그의 어두운 마음에 공감이 갔다. 나 역시 무슨 일이든 한번 시작하기로 했으면, 완벽하게 해내야 한다는 강박관념이 있다. 소설을 쓰거나, 집중해서 해야 할 일이 있다면 더욱 그러하다. 일단 시작하기에 앞서 책상은 깨끗해야 한다. 또 필기구는 정해진 자리에 놓여 있어야 하고, 주변에 정적이 흐르는 텅 빈 방이어야만 한다. 조금이라도 미동이나 삐걱거리는 소리가 들리기라도 하면 집중해온 생각들이 모래성처럼 와스스 무너져버린다.

그렇다고 만들어진 결과물에 항상 만족하는 것도 아니다. 왜 하면 할수록, 부족하다는 후회만 드는 건지. 글도, 공부도, 일도 모두 마찬가지다. 마음으로는 완벽을 추구하지만, 지금껏 온전히 잘했다고 만족해본 적이 거의 없으니 참 아이러니하다.

그래서인지 자꾸만 밀려온다.
더 잘할 수 있었다는 후회가.

## 그리움에
## 관하여

그때 당시에는 아주 별것도 아닌
사소한 일상이었을지 몰라도
시간이 지나면 이상하게 사무치게 그립다.

그건 다시 돌아갈 수 없기에
더 그럴지도 모르겠다.

## 후회
## 본능

모든 업은 행함에 결과라 그 끝이 좋지 못하면 그 원인을 탓하게 된다. 현실의 삶은 전적으로 내가 한 선택의 산물이라 책임이 있건만, 자꾸 후회가 밀려오는 건 왜일까. 왜 이토록 불완전한 존재일까.

'이번에는 절대로 후회하지 않을 거야.'

마음속으로 굳게 호언장담했다. 한데 결과는 좋지 않았다. 시간이 지나서야 그 시점에 내가 할 수 있었던 더 좋은 선택지가 눈에 보였다. 애써 모른 척 부정하고, 자기 최면을 걸어 그 선택에 대한 당위성을 부여해도 부질없었다.

도리어 나는 후회도 인간의 본능이라고 생각한다. 지금껏 많은
후회를 했고, 또 앞으로도 많이 후회할 것이다.

그런 과정을 통해 조금씩 배워나가
더 나은 선택을 할 수 있도록
성장해나가면 된다.

## 과거의
## 방

거울 속에 비친 나를 마주 보았다. 한 줄기 빛도 들어오지 않는
어둠침침한 방에 갇혀 있었다. 어두웠던 과거가 모여 만들어낸
소산이었다. 좀처럼 아픈 기억들이 쉽게 떨쳐지지 않았다. 구태
여 들추어 곱씹어가며 아파한 날들이 부지기수니까.

싫든 좋든
살아온 날들보다 많을지도 모르는
미래까지 어둠 속으로 빠뜨릴 필요는 없으니
과거의 방에서 암막을 걷어야 한다.

## 이중
## 심리

불볕더위가 절정에 이른 날이면 겨울이 그립다
막상 추워지면 여름이 그리워질 거면서

객지에 가면 집이 그립다
막상 권태로운 일상이 지속되면 어디론가 떠나고 싶을 거면서

어른이 되면 천진난만했던 어릴 적이 그립다
막상 아이가 되면 어른을 동경할 거면서

같이 있다가 지루해지면 혼자가 되고 싶다

막상 외로이 홀로 남으면 그리워질 거면서

닥친 상황을 벗어나고픈 마음에
정반대의 상황을 자꾸만 갈망하게 된다

## 생각해보면
## 늘 그랬다

충분히 알 수 있었음에도, 왜 그때는 알지 못했을까.
시간이 흐르고 나서 그 의미를 알게 되는 순간,
부정했던 만큼 뒤늦은 후회가 물밀 듯 밀려온다.

## 한
## 순간

복에 젖어 꿈만 같던 나날도
슬픔에 젖어 울기만 하던 나날도
사랑에 빠져 콩깍지가 씌었던 나날도

그때는 시간이 멈춘 것만 같아
미래의 일들이 멀찍이 떨어져 있었는데,
지금에야 회고하니 한순간이었다.

참, 사람의 심리는 이중적이면서 묘하다.

이런 날이 올까,
하는 생각을 마음에만 품었지
실제로 올 줄은 몰랐으니.

## 기약 없는
## 기다림

도대체 얼마나 더 기다려야 하는 걸까. 정작 기다리면 오긴 오는 걸까. 차라리 오지 않는다고 확실하게 답이라도 해준다면, 이렇게 희망 고문에 시달릴 필요도 없을 텐데. 그 대상이 무엇이든 기약 없는 기다림은 지독하기만 하다.

매일 해가 뜨고, 해가 진다. 추웠다가, 더워졌다가, 봄, 여름, 가을, 겨울이 반복된다. 그 흐름 속에서 올지, 안 올지도 모르는 지루한 기다림은 좀처럼 끝을 알 수 없다.

결국, 자신이 지쳐 쓰러져야 끝나는 그 기다림이라는 이름의

덫.

그건 너였을까, 행복이었을까, 성공이었을까,
오지도 않는 무엇을 그렇게 항상 기다렸던 걸까.

## 막연한
## 불안감

시간은 왜 이리도 빨리 흘러가는지. 아무리 하루를 알차게 보내
도 불현듯 밀려오는 막연한 불안감을 떨쳐낼 수가 없다. 예전에
는 이맘때쯤이면 어떻게 살고 있을 거라는 구체적인 모습을 그
리기도 했다.
욕심이 많아 이상이 높았던 걸까.
아니면 현실의 벽이 높았던 걸까.

아직도 꿈속에서 허우적거리는 것만 같다. 다 포기하고 살면
좀 편해지려나 싶은데, 그것조차 쉽게 잘되지 않는 게 사람 마
음이다.

## 수령에
## 빠지다

스마트 폰을 만지작만지작, 요깃거리를 옆에 쌓아두고 야금야금 먹다 보면 눈 깜짝할 사이에 시간이 후딱 가버린다. 적어도 그 순간만큼은 근심이나 걱정을 다 떨쳐버리고, 오로지 편안함으로 무아경에 이를 수 있다.

하지만 매일을 무기력함에 젖어 골방에 틀어박혀버리면 빠져나오기가 여간 쉽지 않다. 하염없이 밀려오는 무상함, 그 속에 점점 자신을 가둔다. 밖으로 나가기도 싫어질뿐더러 만사 다 권태로워진다. 쌓여가는 배달 음식, 밤인지 낮인지 구분이 안 가는 불규칙적인 생활 속에서 무의미하게 시간을 허비하고 만 것이다.

요즘 따라 허송세월을 보낸 지난날들이 아깝게만 느껴진다. 휴식과 건설적인 시간을 적절하게 조화해서 활용했다면 좋았을 텐데.

## 찰나

꽃이 피고 지듯이,
석양이 붉게 타오르다가 땅거미 지는 어둠이 몰려오듯이,
가장 눈부시게 빛나던 순간은 그리 오래가지 못해.

항상 그다음을 생각하면서 살아야 해.

## 그런
## 기분

고초를 겪고 나면 감정 소모가 많았던 탓에 이제는 별일 없음에
고마움을 느낀다. 한데 가슴속이 휑뎅그렁하다. 슬프거나 우울
하지는 않은데 이따금 뭔가 모르게 허전하다고나 할까. 사실 이
기기묘묘한 기분을 뭐라 표현해야 할지도 모르겠다.

쳇바퀴처럼 끊임없이 반복되는 일상.
그 굴레 속에서 살아가는 나.
다행이면서도 씁쓸한, 그런 기분.

## 오만 감정이
## 깃들다

모나리자를 우두커니 보면 슬픈 건지, 기쁜 건지. 미묘하기만
하다. 바라볼수록 오만 감정이 다 들어 넋을 잃고 만다. 인간이
가질 수 있는 가장 성숙한 표정이랄까.

한때는 미술 외에도 다재다능했던 천재 레오나르도 다빈치를
선망했다. 나도 그처럼 되고 싶었다. 하지만 행적을 접할수록
치기였음을 단번에 알 수 있었다.

나는 그처럼 될 수 없다. 그것은 지금까지 내가 할 수 없다는 것
을 가장 빠르게 인정한 일이었다. 선망은 어느새 깊은 존경으로

바뀌었다.

만약 레오나르도 다빈치가 내 앞에 있다면
나도 모나리자와 같은 표정으로 그를 바라볼 것이다.

## 밤비

대지에 어둠이 깔리고 빗물이 주룩주룩 내린다. 그간 초연했던 내 마음을 알 수 없는 묘한 감정이 감싸더니, 이내 빗물과 함께 주르륵 흘러내렸다.

슬픔인지,
그리움인지,
날씨 탓인지.

## 자괴감
### 自愧感

바꾸고 싶은데
바꿀 수 없어

날고 싶은데
날 수 없어

막상 인정하려니
인정하고 싶지도 않아

## 독기

### 毒氣

칠흑 같은 어둠 안에서 힘들었던 시간이 있었다. 시련이란 녀석
은 야속하게도 한꺼번에 몰려왔다. 그땐 거기가 내가 도달할 수
있는 가장 밑바닥인 줄 알았는데 그 밑에는 더 깊은 곳이 있었
다. 어떻게든 버텨보려는 발악에 그동안 살아왔던 내 삶을 송두
리째 버릴 수밖에 없었다. 마음속 깊은 곳에서 독이 자라기 시
작한 것이 그때부터였다.

바닥이 깊을수록 더 높이 올라 잘 살아야겠다는 독기.

## 왜곡되어버린 기억

열병처럼 앓았던 사랑도
그리움에 사무쳤던 나날도
슬픔으로 잠 못 이루던 밤도
유유한 세월 속 아련해져만 간다.

잊고 싶어서
잊었다 부정했었다.
떠올리는 일조차 싫었다.
그럴수록 더 선명해질 것만 같아서였다.

시간은 점점 유수처럼 흘러간다.
부정했던 기억이 불현듯 되살아날 때도 있지만,
이전처럼 감정이 요동치지는 않는다.
도리어 왜곡되어버렸다.

충분히 그럴 수도 있었을 거야.
그 순간이 있었기에 지금의 내가 있는 거야.

그렇게 내 입맛에 맞게 포장해버렸다.

뭐, 어때.
언제까지나 그 속에서 살 수는 없잖아.

## 형용할 수
## 없는 슬픔

누구라도 좋으니
위로받고 싶은 날에는
정작 아무도 없다

그런다 하여
타인에게 기대어본들
그 위로도 그리 오래가지 못한다

알고 지내는 사람은 많아도
결국 혼자다

슬픔을 머금고
가슴 속으로만 운다
정말 울기라도 한다면
주체할 수 없어질 테니까

## 밤바다

밤바다는 지금껏 나에게 많은 추억을 안겨주었다. 누군가와 함께할 때는 포근하고 따뜻하기만 했고, 고독에 취해 혼자 찾았을 때는 지평선 경계에서부터 밀려오는 어둠의 파도가 나를 집어삼킬 것만 같았다. 내 마음을 읽는 듯, 밤바다도 언제나 달리 느껴졌다.

갑작스레 비가 억수같이 쏟아졌던 어느 어두컴컴한 밤. 피로가 몰려와 잠시 쉬어갈 겸 바다 근처에 차를 세웠다. 후드득후드득 밖에서 들려오는 빗소리가 매섭기만 했다. 몽롱한 눈으로 창밖을 바라보니, 비구름 사이 몽롱한 달빛이 나를 맞아주었다. 잿

빛 바다에 은은하게 비친 모습은 마치 힘내라며 기운을 북돋아
주는 것처럼 보였다.

이런 기분, 나쁘지 않았다.
예기치 않게 내려준 비가 고맙기까지 했으니.

## 태풍
## 颱風

태풍이 휘몰아친다. 빠른 강풍에 몸을 가누기조차 힘들다. 버티면 버틸수록 거대한 자연의 섭리 앞에서 한없이 작아진다. 얼른 지나가기를 바랄 뿐이다.

우리의 인생도 마찬가지다. 크고 작은 수많은 태풍이 지나가 그 잔상을 남기고, 앞으로도 얼마나 올지 모른다. 피할 곳이 있거나 예보라도 해주면 좋을 텐데.

만약 정면으로 부닥쳐야 한다면
되도록 빨리 지나갔으면 좋겠다.

## 악몽
## 惡夢

숨소리는 거칠어졌고, 온몸은 식은땀으로 범벅이었다. 너무 생생해서 꿈인지 생시인지 도무지 분간이 가지 않았다. 얼굴을 살짝 꼬집어보니, 이내 미세한 고통이 신경을 타고 전해져왔다. 악몽에서 벗어났다는 안도의 한숨을 쉰 후 정신을 차리려 냉수를 단숨에 벌컥 들이켰다.

프로이트는 그 꿈의 형상이 강렬할수록 기억에 오래 남고, 미미할수록 망각하기 쉽다고 했다. 떠올리기도 싫은 끔찍한 기억의 파편. 무의식중에 잠재되어 있다가 이따금 악몽으로 재현되기라도 하면 온종일 후유증이 그림자처럼 따라다닌다.

아직도 꿈속에서 벗어나지 못한 걸까.

차라리 이 모든 것이 꿈이었으면 좋겠다.

아주 달콤하면서도 쓰디쓴 그런 꿈.

## 단념
### 斷念

불 꺼진 방에 혼자 남겨진 적이 있었다. 처음에는 아무것도 보이지 않는 암흑 속에 덩그러니 혼자 남겨진 것이 무섭고 불안했다. 극도의 공포가 정점에 다다를 무렵, 피하고 싶은 마음에 눈을 질끈 감아버릴까도 했다. 그런다고 해서 어둠은 사라지지 않을 텐데.

차라리 단념해버리는 편이 낫지 않을까. 고심 끝에 이 모든 상황을 받아들이기로 했다. 그러자 칠흑 같은 어둠 속에서 희미하게나마 형상이 보이기 시작했다. 이내 차츰 마음이 안정되었고, 나중에는 어둠에 익숙해져 갔다.

우습지만 새삼 깨달았다.

사람은 그 어떤 환경이나 상황에서도 적응할 수 있다는 것을.

## 처음에는
## 그래

처음에는 그래
햇살처럼 눈부시게 아름다운 것만 보여

그러다 나중에 해가 지고 나면
미처 보지 못했던 것들이 보이기 시작하지

## 연연

### 戀戀

나에게는 안 좋은 버릇이 하나 있다. 눈길을 걷다가도 내가 걸어온 길을 돌아보며 움푹 파인 발자국을 확인하거나, 산을 오를 때도 얼마나 올라왔는지를 시시때때로 돌아보며 확인한다. 그러면 그럴수록 앞으로 나아가는 시간이 점점 더뎌지는 것을 알면서도.

나를 할퀴고 간 상처는 아물어 이제는 흉터조차 남지 않았는데, 왜 자꾸만 그 속을 들여다보려고 할까. 미련이라 말하기에도 모호한 이 감정. 애달프기 그지없다.

지나간 날에 연연하다 보면 미래를 온전히 가질 수 없으니,
앞으로 나아가기 위해서는 적당히 훌훌 털어버려야 한다.

## 피그말리온
## 효과

가끔 보면 세상이 미친 것 같다
행복해지라고 자꾸만 주문을 거니.

행복은 멀리 있는 것이 아니니, 웃으면 행복해진다고 누가 그랬다. 그렇지만 웃으면 웃을수록 공허함 속에 허탈할 뿐, 행복해야 한다는 강박을 가지고 살아가는 것이 더 힘들었다. 삭막하고 괴로운 상황은 전혀 나아질 기미가 보이지 않는데, 만화 속 주인공처럼 낙천적인 생각만 한다는 것은 현실을 회피하는 것과 마찬가지다. 또 자신을 둘러싼 주변 모두가 고통에 신음하고 있는데 혼자만 행복한 것도 이기적이고 이상하다. 다들 피그말리온 효과라는 거창한 말로 자기 최면을 유도하는데 아무런 변화가 없다면, 그건 피 말리는 효과일 뿐이다. 차라리 그냥 물 흐르듯 시간에 몸을 맡긴 채로 살아가는 쪽이 행복이라는 강박증에 벗어나 마음이 편할지도 모르겠다.

## 체념

드맑던 하늘에 갑자기 먹구름이 드리우더니 장대비가 쏟아졌다. 후드득후드득… 점점 커지는 빗소리와 함께 떨어지는 빗방울들이 고스란히 내 몸에 닿았다. 차갑고 으스스한 빗발에 미처 우산을 준비하지 못한 자신을 책망한들 부질없었다. 당장 비를 피하는 것이 급선무일 뿐. 그런데 엎친 데 덮친 격으로 비를 피할 마땅한 장소도 보이지 않았다. 주변 사람들도 너 나 할 것 없이 비를 피하려 뛰어다녔지만, 피할 수 없는 건 마찬가지였다.

잠시 스쳐 지나가는 소나기일까. 아니면 좀 오래 머물다 가는 비일까. 얼마나 맞아야 이 비가 그칠까. 걸어간들, 뛰어간들, 생각의 물꼬를 틀어본들 지금 비를 맞는 건 똑같았다. '피할 수 없으면 즐겨라'라는 좋은 말도 있지만, 솔직히 미치지 않고서야 그건 힘든 일이다.

우산도 없고, 비를 피할 장소가 없다면,
차라리 담담하게 받아들이는 편이 좋을지도 모른다.

## 시련보다
## 더 큰 희망

잔잔하고 고요했던 마음에 불현듯 어두운 그림자가 찾아온다. 극도의 공포와 불안감이 더해지면 주체인 인격마저 잃어버리게 되는 절망의 단계에 이른다. 하지만 이것을 견딜 수 있는 방법이 하나 있다.

절망의 구렁텅이 속에서
몰려오는 시련의 크기보다 더 큰 희망을 품는 것.

## 힘이 다할
## 때까지

어김없이 오늘도 팽이채를 부여잡고 나무 팽이를 내리친다. 내 팽이는 노상 이리저리 비틀거리지만, 둥글둥글하게 잘 깎여진 팽이는 회전 관성이 좋은지 꽤 오랫동안 돌아간다. 애초부터 왜 모양이 다른 걸까. 때론 야속하게 느껴지기도 있지만, 포기하지 않는다. 언젠가 모난 모서리가 닳고 닳아 무디어져, 저 드넓은 대지를 자유로이 누비길 꿈꾸니까.

한데 실상은 다르다. 나날이 팔목만 아파져 온다. 얼마나 더해야 이 굴레에서 벗어날 수 있을지도 미지수다. 크리스토퍼 놀란 감독의 영화 '인셉션'에서는 토템인 팽이가 쉼 없이 돌아가면 꿈이고, 멈추면 현실이라고 한다. 어쩌면 힘없이 픽 쓰러지려 하는 내 팽이는 이게 현실이라고 선명하게 각인시켜 주는 것일지도 모른다.

제아무리 손을 쭉 뻗어도 닿을 듯 말 듯 손끝만 스칠 뿐, 꿈은 좀처럼 잡히지 않는다. 그 아쉬움에는 간절함까지 더해져 사람을 애끓게 만든다. 이번에는 되겠지, 이번에는 되겠지, 이 말만 머릿속으로 되뇐 것만 어느새 수만 번이다. 차라리 누가 언제쯤 포기해야 하는지 교본이라도 만들어줬으면 좋겠다. 그러면 한 시름이라도 덜 수 있을 테니까.

오늘도 나는 움푹한 늪에서 빠져나오기 위해 허우적거리며 몸부림친다. 그런 내 모습이 간혹 처량하게 느껴질 때도 있지만, 뭐 괜찮다.

아직은 힘이 남아 있고,
나에겐 시간이 있으니까.

Part
4

내가 나를 기억해

## 봄이고
## 싶다

계절마다 펼쳐진 각양각색의 자연에는 묘한 매력이 있다. 그중에서도 나는 동장군이 지나가고 찾아오는 봄이 제일 좋다. 늘 그랬듯, 차갑게 얼어붙은 대지에 따듯한 봄비가 부슬부슬 내리고, 앙상하게 남은 가지에 맺힌 꽃망울이 새로운 시작을 알린다.

이내 봉오리에서 봄꽃들이 기지개를 활짝 펴고 고개를 내민다. 마치 울긋불긋한 한 폭의 수채화를 연상케 한다. 긴 겨울 끝에 찾아온 봄이라서 그런가, 너무나도 아름다워 황홀경에 빠질 것만 같다. 해마다 사계절이 바뀌어도, 사시사철 내 마음은 봄이고 싶다.

흔히 우리가 사는 인생을 사계절에 비유한다. 그중 가장 마음에 새겨야 할 점은 계절이 봄, 여름, 가을, 겨울로 끝난다는 것이 아니라, 겨울 다음은 봄이라는 사실이다.

## 인생은
## 마라톤일까

제법 쌀쌀했던 초겨울, 마라톤을 뛰었던 적이 있다. 출발 신호
를 기다리며 가벼운 옷차림으로 차가운 바람을 맞고 서 있으니
온몸이 사시나무 떨 듯 떨렸다.

탕!

정지된 추위의 마침표를 알리는 총성이 울렸다. 늘 그랬듯 출발
은 비장하다. 도중에 그 마음이 흩어져 먼 산으로 가버리지만.

얼마나 달렸을까. 온몸에서 끓어오르는 열기로 추위는 이미 자

취를 감추었다.

나는 날씨를 체감하지도, 온 신경을 마라톤에 집중할 수도 없었다. 그저 온갖 잡념이 나를 감싸고 있을 뿐이었다.

왜 뛰고 있는 걸까.

도대체 종착은 어디인가.

지금 달리고 있는 나는, 누구인가.

마음속 깊숙한 곳에서 원초적인 물음까지 샘솟았다. 아마 그것은 그때까지는 생각할 여유가 있었던 게다.

반환점을 돌자 잡념은 싹 사라지고, 멈춰야겠다는 생각밖에 안 들었다. 미처 마라톤 준비를 많이 못했던 탓에 양 옆으로 힘차게 휘젓던 팔까지 아파왔다.

그때였다. 흥겨운 꽹과리 소리가 들려오기 시작했다. 시민들이 나와 간이 부스에서 마라토너들을 응원하고 있었다. 늘 텔레비전에서만 보던 모습이, 별안간에 나를 울컥하게 했다. 그리고 마라톤이 혼자만의 싸움이 아닐지도 모른다는 생각이 들었다.

완주 후에 지친 몸으로 풀밭에 털썩 드러누웠다. 가파른 호흡을 가다듬으며 몽롱한 상태로 하늘을 바라보았다. 눈부시게 내리 쬐는 햇살이, 고생했다며 나를 따스하게 위로해주었다.

아, 하늘이 언제나 이렇게 아름다웠을까.
천국이 있다면 이런 기분이겠지.

## 아무렇게나 적은 시
## 아무렇게나 꾼 꿈

'작가'. 왜 그렇게 멀게만 느껴졌을까.

열여섯의 어느 날,

해마다 열리는 글짓기 대회에서 아무렇게나 적은 시로 상을 받았다.

기대하지 않았던 상이었기에, 나는 나에게도 재능이란 것이 있을지 모른다며 근거 없는 자만심을 가지기 시작했다. 치기 어린 나이였다. 지금에 와서 돌이켜보면, 그때 아이들이 써 낸 글들이 고만고만해, 개중에 뽑은 게 나의 글이었을 테다.

그렇게 커졌던 내 자신감은 나이를 먹으며 공들여 글을 끼적이기 시작한 뒤로, 어디로 갔는지 종적을 감추었다.

글을 쓴다는 것은 생각보다 많은 인고의 시간과 노력을 요했다. 그래도 참 신기한 것이, 글 쓰는 것이 싫지가 않았다. 내 감정을 표출하지 못하고 속으로 삭이는 편이었던 나는, 아무렇게나 그 감정을 글로 적어버리고 나면 갈증이 해소되는 느낌을 경험했다. 카타르시스였다. 가끔 그 감정들을 소설의 인물에 이입하다 보면 시간 가는 줄도 모르고 날을 지새웠다. 아무렇게나 꾸게 된 꿈이, 나를 이끌고 있었다.

그런데 딱 거기까지였다. 막상 읽어보면 부족하기 짝이 없었다. 주저리주저리 글을 적기는 쉬웠지만 그 속에 마음을 솔직하게 담는 일은 무척 나를 힘들게 했다.

꿈.

참 멋진 단어지만, 어중간한 재능이거나 운이 따라주지 않으면 이룰 듯 말 듯한 경계에 서서 아쉬워 포기하기가 쉽지 않아 사람을 지치고 힘들게 만든다.

하지만 그 꿈 하나로 여기까지는 왔으니 이루지 못하면 어때.
꿈을 꾸지 않는 것보다 낫잖아.

아무렇게나 꾼 꿈이
오늘도 나를 이끈다.

## 퇴고
### 推敲

글을 쓰다 지운다. 막상 다 적어도 고치고 싶어진다. 아무리 퇴고를 거듭해본들 만족스러운 글은 나오지 않는다. 분명 글은 쓰면 쓸수록 는다고 했는데, 나에게는 해당 사항 없는 것 같다.

간혹 작문을 쉽게 해내는 사람을 보면 부럽기도 하다. 무게 있는 짧은 문장으로 독자의 마음에 동요를 일으키니.

한 번은 딱딱한 글에 미사여구를 넣어 인위적으로 아름답게 꾸며볼까도 했다. 아니나 다를까 흉내는 낼 수 있었지만, 감정은 담기지 않았다. 어쩌면 아직 어떤 글을 써야 할지 갈피를 못 잡는 것일지도 모르겠다.

하지만 멈출 수는 없다.
나를 다듬는 일련의 과정들이 싫지는 않으니까.

## 자신만의
## 가치

예전에 비해 쉴 틈도 없이 바쁜 하루하루를 보내고 있다. 왜 그렇게 바쁘게 사냐고, 그만하면 된 거 아니냐고, 다들 나에게 넌지시 한마디씩 던진다. 하지만 그럴 수밖에 없는 이유가 있다.

우리에게 주어진 시간은 한정적이라는 것.

갈수록 여실히 느껴진다. 그러기에 지금 이 순간순간이 값지고 보배롭기 그지없다.

저마다 생의 가치를 어디에 두냐에 따라 시간활용법은 다르다. 도

전하고 성취하는 것에 중점을 두는 사람이 있는 반면, 자기만족을 위해 여가활동에 중점을 두는 이도 있을 것이다. 어쨌거나 자신에게만 주어진 시간이다.

어디에 가치를 둘 것인가를 고민하고,
나에게 가치 있는 일을 하면 된다.

---
영면
---
永眠
---

감정의 소용돌이 속에서 헤매다가도
자고 일어나면 거짓말처럼 말끔히 사라진다.


그렇다고 해서 잠을 너무 사랑해서는 안 된다.
자면 잘수록 잠을 더 원하게 되어 권태로워지니.


그렇다고 해서 잠을 너무 멀리해서도 안 된다.
피로가 몰려와 몽롱한 정신을 다 잡아먹으니.


잠은 나의 고통을 잊게 해주는 동반자임과 동시에

너무 가까이해선 안 될 적인 셈이다.


어찌 보면 우리의 생은
잠과 다툼의 연속이지만
결말은 이미 정해져 있다.


영면永眠에 들어야 한다는 것

좋아하는 노래가 생기면 그 곡만 반복해서 듣는다. 지겨워질 때까지. 평소에도 한 가지에 빠지면 잘 헤어 나오지 못한다. 카메라를 처음 접했을 때도 마찬가지였다. 눈앞에 펼쳐지는 광경을 그대로 담을 수 있다는 매력은 공허한 나를 매료시키기에 충분했다.

이미 알려진 포토존에서는 대충 구도를 잡고 셔터만 누르기만 하면 꽤 멋진 사진이 나왔다. 허나 이상하게 그런 사진에는 뿌듯함도, 내 사진이라는 생각도 들지 않았다. 일부러 멋지게 보이려 여러 기능을 사용해보고 억지로 상황을 연출하려 했던 탓일까. 그럴듯하게 꾸며놓은 사진일 뿐이었다. 도리어 아무렇게

나 찍어도 자신의 감정을 담을 수 있는 사진이 좋았다.

어디까지나 내가 찍고, 기억하고 싶은 사진이니까.

## 지친 나를 일으키는
## 책 한 권

나는 책을 빌리지 않고 구입하는 편이다. 책은 한번 읽고 곁에 두었다가 언젠가 다시 꺼내 읽을 때 느끼는 감정이 또 다르기 때문이다. 두고두고 펼쳐보는 묘미가 있다. 어린이들만 읽는 책인 줄 알았던 생텍쥐페리의 '어린왕자'를 어른이 된 후 다시 읽었을 때도 그랬다.

그중 가장 많이 펼쳐본 책은 단연 '체 게바라 평전'이다. 유난히 붉은 표지에 두꺼운 그 책을 보자마자, 나는 알 수 없는 강렬한 느낌에 사로잡혔다. 아니나 다를까 첫 장을 펼치자마자, 그의 삶에 빠져들어 헤어 나올 수 없었다. 그의 사회주의 이념에 모두 동의하는 건 아니지만, 치열한 삶에서 전해져오는 단단한 신념은 어디서도 볼 수 없었던 신선한 충격이라 절대 잊을 수 없다.

'우리 모두 리얼리스트가 되자.'
'그렇지만 가슴 속에는 불가능한 꿈을 가지자.'

그의 삶이 고스란히 묻어나는, 이런 뼈대 있는 말들은 당시 청춘을 막 시작한 나에게 끝 모를 동기와 영감을 불어넣어주었다. 지금도 한 치 앞을 내다볼 수 없는 현실 속에서 내 의욕이 사라질 즈음이면 책장 깊숙이에 있는 붉은 '체 게바라 평전'을 꺼내어 다시 읽는다.

그의 신념이 지친 나를 일으켜 세워줄지도 모르니.

## 온전하지
## 못했던 마음

폴리셔스라는 공기정화식물을 선물 받았다. 곧게 뻗은 가지, 무
성한 연녹색 이파리. 가만히 보고 있으면 마음까지 정화되는 느
낌이 얼마나 좋던지. 오래오래 곁에 있었으면 좋겠다는 마음으
로 정성을 듬뿍 들였다. 추위에 약하다 하여 햇볕이 잘 드는 곳
으로 옮기고, 흙이 메말랐다 싶을 때 꼬박꼬박 물 주는 것도 잊
지 않았다.

꽤 오랜 시간이 흘렀다. 일이 많아져 바빠져 폴리셔스를 돌볼
시간이 없었다. 아니, 핑계다. 끔찍이 여겼던 처음의 마음이 미
적지근해져버리더니, 끝내 식어버렸다. 비로소 미안한 마음에

어떻게든 살려야겠다는 생각이 들었다. 시중에 파는 식물영양
제를 사서 물에 희석시켜 듬뿍 먹이고, 말라비틀어진 가지나 잎
사귀도 가위로 잘라내주었다.

이런 마음을 아는지 모르는지. 도리어 나무는 더 시들어만 갔다.


나중에 서야 알게 되었다.

나무뿌리가 썩고 문드러지고 나면

썩은 가지를 잘라내고 물을 더 준다고 해서

다시 살아나지 않는다는 것을.

## 그저 그렇게
## 살아

오늘은 휴일이라 집안에만 틀어박혀 있었다. 서너 가지 찬으로 간단하게 끼니를 때우고 밀린 청소를 했다. 별다른 일 없는 평범한 일상이었다. 이렇게 흐르는 일상을 글로 기록하지 않았다면, 한 달도 채 지나지 않아 기억 속에서 까마득해질 테다.

나의 머리는 저장 공간이 한정된 하드디스크와 같다. 수명이 다해갈수록 용량은 줄고, 속도는 느려져만 간다. 이제는 꽉 찼는지, 새로운 파일이 생성되는 순간 지난 기억들도 같이 삭제되는 기분이다. 어떤 때에는 일주일 전에 먹었던 저녁 메뉴가 생각나지 않아 한참 동안 머리를 싸맨다. 기억이 나면 그나마 다행이지만, 아무리 노력해도 떠오르지 않는 경우도 허다하다. 어떻게 보면 우리의 일상은 그저 그런 날들이 대부분이다.

그저 그렇게 살아왔고,
지금도 그저 그렇게 살아가고,
후에도 그저 그렇게 살아갈 테다.

## 변하지 않는
## 아름다움

말린꽃은 시들었지만, 죽지는 않았다.
생화처럼 생생한 아름다움은 없어도
은은하고 성숙한 아름다움이 있다.

인생도 마찬가지가 아닐까.
화려하게 꽃피던 청춘이 저물어 가도
그 사람만의 고유한 아름다움이 남아 있는 것처럼.

## 애써 지워버린
## 기억

다시 흩어져 버릴지언정 조각난 기억의 퍼즐을 하나하나 맞춘다. 근래의 조각은 오롯이 남아 있건만, 이전의 빛바랜 조각은 어렴풋하다. 시간에 지남에 따라 자연스레 희미해져 버리는 것이 당연지사이기도 하니.

물론 예외도 있다.
아직도 선명하게 남아 사뭇 감정이 밀려오는 기억의 조각들.

불쑥 나타나려 하면 꾹 억눌러 나오지 못하게 틀어막아버린다.
그래서일까. 늘 퍼즐을 맞추어도 몇 조각이 비어서 마음 한구석

이 허전하다. 애써 완성하려 다시 꺼내면 가슴을 쿡쿡 찌를 것
만 같아 손을 놓아버리니.

하지만 이런 시간이 마냥 싫지만은 않다. 지금껏 살아온 과정을
확인하는 것만으로 미지근해져 가는 존재 이유를 다시금 되새
길 수 있으니까.

## 기분
## 전환

야심한 밤, 기분이 울적해지면 만사 다 제쳐두고 야경이 훤히 보이는 곳으로 한 번씩 드라이브를 떠난다. 무거운 몸을 차에 싣고, 습관처럼 음악을 켜고 스피커의 볼륨을 높인다. 묵직한 음악 소리가 터질 듯 차에서 울려 퍼지기 시작하면 답답했던 가슴이 거짓말처럼 뻥 뚫린다. 그 소리는 나를 대신해 울분을 토해내주는 것만 같다.

차를 바꾸고 2년이 좀 넘었는데, 차창 밑에 비치는 계기판 주행거리는 10만 킬로미터를 훌쩍 넘어버렸다. 내가 살아온 치열한 삶을 대변해주는 의미 있는 숫자다. 그런데 사실 나는 별로 변한 게 없다. 어둠 속 사이 희미한 수많은 불빛, 항상 지나는 이 거리

도 마찬가지다. 아등바등 살아도 제한된 삶 속에서 결국 제자리
만 맴도는 것은 아닌지 마음 한편으로는 걱정이 자리 잡는다.

그래도 울적한 마음을 떨쳐낼 수 있으니
늦은 밤 드라이브를 멈출 수가 없다.

## 혼잣말

하루는 모임에 갔다. 그간 다들 하고 싶은 말이 산더미처럼 쌓인 모양이었다. 서로 웅변대회라도 나간 듯 제 말만 늘어놓을 뿐, 정작 듣는 사람은 별로 없었다.

고달프고 메마른 삶 속, 마음 터놓고 편하게 이야기할 기회가 없어서 더 그런 걸까. 도리어 듣기만 했던 나는 말할 기회도 별로 없었다.

대화의 기본은 경청에 있다지만, 나누고 소통할 기회를 주지 않는다면 듣고 있는 상대는 적적할 수밖에 없다.

요즘 따라 더 느낀다.

세상은 생각보다 타인에 대해 관심이 없다는 것을.

말하는 이는 많아도, 들어주는 이는 별로 없으니.

## 좀 바라면
## 어때

매주 똑같은 번호로 로또 복권을 한 장씩 산다. 늘 지갑 속에 구 깃구깃하게 접어 넣어둔 마킹용지는 그 역사를 자랑이라도 하 듯 제법 너덜거린다.

당첨번호 발표가 있는 토요일 밤이면 은근히 기대에 휩싸인다. 혹 여나 일확천금의 주인공이 내가 될지도 모른다는 상상에 나래도 펼쳐본다. 허나, 결과는 번번이 허무맹랑한 꿈이라는 것을 선명하 게 각인시켜줄 뿐이었다.

사실 당첨이 돼도 무엇을 할지 구체적으로 생각해본 적은 없다.

그저 잠깐 갖는 설렘이나 행복을 무미한 내 일상에 곁들여볼까 하는 마음이 대부분이다.

로또 용지 상단에는 이런 문구가 적혀 있다.

'절반은 행운, 절반은 기부.'

그 행운으로 꿈꾸는 시간을 가질 수 있고 기부할 수도 있다면 야, 나에게 로또는 당첨이 되지 않는다고 해도 그 이상의 값어 치를 가지고 있는 셈이다.

## 눈앞에
## 보이는 것

사람들은 당장 눈앞에 보이지 않으면 믿지 않아.

가만히 생각해봐.

허허벌판에 거대한 도시가 세워질 줄,

바다를 건너는 비행기가 생길 줄,

조그마한 스마트폰 하나가 세상을 이렇게 바꿀 줄.

과거에 그 누가 상상이나 했을까.

하지만 이런 말도 안 되는 공상을 한 누군가가 있었기에 지금의
삶이 있는 거야. 이 모든 것이 가능하리라는 신념이 만들어낸

노력의 산물이잖아.

문득, 나도 당신도 마찬가지라는 생각이 들어.
아무도 모르는 자신의 가치를,
적어도 자신은 혜안을 가지고 볼 수 있어야 돼.

시야가 한정적이면 틀에 갇힐 수밖에 없거든.
남이 아니라 나 자신은, 그걸 꼭 봐야만 해.

## 두 개의 영혼
### L'Absurde

파우스트는 인간에게 두 개의 영혼이 있다고 말했다. 하나는 세속을 떠나 숭고한 선인이 되려 하고, 다른 하나는 현세의 쾌락을 추구한다고. 누구에게 영혼을 맡길 것인가. 오늘도 나는 저울질한다.

어떤 불가항력으로 인해 삶이 나락으로 치달으면, 메피스토펠레스 같은 악마가 나타나 악으로서 선을 행할 수 있다며 달콤한 유혹을 할지도 모른다. 파우스트는 영혼을 팔고도 신의 전지전능함으로 구원받았는데. 무엇이 옳고 그를까. 경계가 모호하기만 하다.

부조리한 현세의 삶 속에서 부단히 고뇌하는 것.
이 또한 삶의 과정이겠지.

## 일어나

망망대해에서 폭풍을 만나 어디로 가야 할지 모르는 길 잃은 뱃사공. 항로를 되짚어 굳건하게 다시 나아가려 해도 도무지 폭풍의 끝이 보이지 않는다. 사공은 한없이 수그러든다. 그런데 실바람이 자꾸만 불어와 슬며시 귓가에 속삭인다.

"일어나. 폭풍도 곧 끝날 거야."

## Let it be

비틀즈의 수많은 명곡 중에 내가 제일 좋아하는 곡은 폴 매카트니가 꿈속에서 어머니를 만난 뒤에 만든 비틀즈의 마지막 앨범의 수록곡인 'Let it be'(순리에 맡겨라)다.

살다 보면 정말 자기 마음대로 안 풀리고, 피할 수 없는 시련이 찾아오기 마련이다. 그럴 때는 나도 모르게 마음속으로 비틀즈의 'Let it be'를 흥얼거린다.

Let it be, Let it be, Let it be

## 타이밍

똑같은 일상,

무의미한 시간,

나약해져 가는 열정,

지난날에 대한 후회.


"새로운 삶을 원한다면 변화를 두려워하면 안 돼. 지나간 시간
은 돌아오지 않는 한 번뿐인 인생이잖아. 지금이야."


언제부터인가 나도 모르는 사이 반복되는 익숙한 일상에 길들
여져 버렸다. 쳇바퀴 돌듯 재미도 의미도 찾을 수 없는 삶 속에

서 편안함과 두려움이 모락모락 피어오르기 시작했다. 변화가 필요했다. 하지만 '습관'이란 단단한 틀을 깨부수기란 여간 쉬운 일이 아니었다. 선뜻 움직여지지가 않았다.

결국 용기 내어 자신을 바꾸는 수밖에 없었다.

나는 매번 그런 순간들을 마주한다. 그리고 그 벽 앞에 서서, 익숙함에 안주하는 생활을 이어갈지 아니면 위험을 무릅쓰고 벽을 깨부수고 앞으로 나아갈지 고민을 거듭한다. 선택은 전적으로 나의 몫이다. 누구도 변화를 강요할 수 없다.

하지만 잊지 말아야 할 것은 그 벽은 분명히 깨부술 수 있는 벽이란 사실이다.

## 어느 특별한
## 보통 날

늘 반복되는 일상을 바꿔보려, 평소와 다르게 새벽녘 즈음 깨어나 새하얀 커튼을 열어젖혔다. 눈앞에 저 멀리서 피어오르는 붉은 일출이 펼쳐졌다. 창문을 열자 신선한 공기 내음이 코끝에 와닿았다. 그 기운을 가슴 깊숙이 빨아들이고는 두 눈을 감았다. 동시에 머리까지 상쾌해지는 기분이 들었다. 시작이 좋으면, 끝도 좋다던데. 하루가 잘 풀릴 것 같은 예감이 들었다.

똑같은 날이라도 나만의 의미를 부여해 특별한 날로 만드는 것. 그것이 오늘을 아주 특별한 보통 날로 만드는 비밀이다.

'오늘을 어떤 날로 만들까?'

## 메울 수 없는
## 구멍


멍하다. 지친 심신을 일으키기 위해 마음을 잡아도, 건설적인 일들을 줄기차게 이어나가도, 가슴 한구석 구멍이 뚫려있는지 휑하다. 간혹 그 사이로 싸늘한 바람이라도 휙 불어오는 날에는 시리기까지 하다. 왜 이런 기분이 드는지 정확하게 모르겠다.

하물며 메우는 일도 쉽지 않다. 맨몸을 항상 옷으로 가리는 것처럼 우리는 저마다의 방법으로 감추고 산다. 도대체 구멍은 언제부터 뚫려있었던 걸까. 태어났을 때부터 있었던 것은 아니었을까. 어쩌면 이 또한 우리 삶의 일부일지도 모른다. 이루어 말할 수 없는 이 허전함을 느끼지 않는 이는 드물기 때문이다.

## 개똥
## 철학

모든 학문의 근간인 철학을, 나는 난해하다는 핑계로 거들떠보
지도 않았다. 사실 깊이 생각하고 싶지 않아 피하고 싶었던 것
일지도 모른다. 하지만 내가 삶의 의미를 잃어버렸을 때, 그 누
구도 줄 수 없었던 답을 철학자들이 주었다.

물론 그들이 말하는 것을 곧이곧대로 믿지는 않지만, 필요한 부
분은 섭렵해서 자신만의 철학을 만들어야 한다고 생각한다.

비록 개똥철학이라 비웃을지 몰라도
삶에 대한 나만의 소신은 생긴다.

## 인생이라는
## 그림

새하얀 도화지에 인생이라는 그림을 그린다. 쉬엄쉬엄 대충 그리면 좀 편할 텐데, 굳이 또 어려운 길을 택한다.

처음 스케치를 할 때는 복잡한 선들이 엉켜 있어, 어떤 그림이 그려질지 예측할 수가 없다. 아무도 관심 갖지 않는다.

간혹 오히려 대충 그린 그림이 시선을 끌기도 한다. 분명 보는 사람의 시각 차이와 타고난 재능의 차이도 있을 테다. 그 속에서 밀려오는 자괴감, 미완성에 대한 두려움. 중도에 포기해버릴까. 몇 번이고 되뇌지만, 손에 잡은 붓은 쉽게 놓이지 않는다.

단 몇 명이라도 좋아.

내가 그린 그림을 기억해준다면.

## 기억의
## 파일

고요한 밤, 적막에 잠긴다. 드문드문 떠오르는 아득한 기억의 파일. 재생 버튼을 누르면, 흐릿했던 순간들이 더욱 선명하게 파노라마 영상처럼 펼쳐진다. 사무치게 슬픈 기억에 괜스레 눈시울이 붉어지기도 하고, 행복했던 기억에 옅은 미소를 짓기도 한다. 그러다 영상이 희미하게 사라지면, 아무 일도 없었던 것처럼 깨어난다.

사실 아직도 기억의 파일을 녹음 중이다.
언제 올지 모르는 엔딩을 기다리며.

## 진작 알았으면
## 좋았을 것들

시간은 나를 기다려주지 않고
속절없이 흘러간다는 것

정작 떠나고 나서야
그 빈자리를 사무치게 깨달은 것

내가 생각했던 황금빛 미래는
펼쳐지지 않는다는 것

이런들 저런들

한번은 마주해야 한다면
피하기만 해서는 안 된다는 것

순간의 감정을 다스리지 못하고
화를 자초한 것

제아무리 노력해도
결국에는 이룰 수 없는 것

그런데도 같은 실수를
또 반복한다는 것

## 유일한
## 보물

누구나 자신이 살아온 삶의 기억을 가지고 있다. 죽음을 눈앞에
둔 짧은 순간, 그 기억의 파편들이 주마등처럼 스쳐 지나간다
는 이야기를 들었다. 찰나에 몇 십 년의 생이 어떤 모습으로 펼
쳐질까. 그리고 세상은 어떤 모습으로 나를 기억할까. 공연스레
궁금하기도 하다.

세상이 나를 어떻게 평할지언정, 내 삶의 기억은 큰 보물이다.
죽을 때 유일하게 가지고 갈 수 있으니까.

## 인생초

불현듯 무서운 생각이 들어.

당장 내일 이 모든 것이 무너져버리면 어쩌지.

모든 건 영원할 수 없으니까.

앞날이 어찌 될지 모르잖아.

우리는 저마다 길이를 알 수 없는 초를 가지고 있어. 태어나는 순간 불이 켜지지. 얼마나 오래 활활 타오를지는 알 수 없어. 하지만 언제 그랬냐는 듯 촛불은 꺼질 테고, 시꺼먼 연기만 자욱하겠지.

촛농이 굳어 그 잔상만 남은 초가

아름다울지, 슬퍼 보일지 판단하는 건.

결국 내 몫이야.

## 위로

힘내.
괜찮아.
다 잘될 거야.
파이팅!

귀에 못이 박히도록 수없이 들어온 말.
이제는 별로 감흥이 들지도 않는 말.

뒤늦게서야 알았다.
진정 나를 위로할 수 있는 사람은 나뿐이라는 것을.

요즘은 그래.

형식적인 위로보다는 마음을 다독이는 책 속의 한 줄이,

그냥 지나친 은은한 달빛이 나를 더 위로해줘.

## 내가 나를
## 기억해

문득 지금 이 순간, 떠올릴 추억 하나 없다면,
이 얼마나 서글픈 삶인가?

여기 이렇게 온전히 서 있는 나를
누구 하나 알아주는 이가 없다면
이 얼마나 서글픈 삶인가?

아무렴 어때.
내가 나를 기억하면 되잖아.

《무뎌진다는 것》을 출간하고 1년 만에 개정판을 냈다. 개인적으로 아쉬움이 많은 작품이라 감회가 새롭다. 짤막한 글귀가 주를 이루지만, 결코 가벼운 마음으로 적지는 않았다. 삶에, 사람에, 그리고 나 자신에게도 지쳐 있었던 시기라 호흡이 긴 글보다는 짧은 글들에 마음을 담으려 노력했던 것이다.

그동안 괜찮아질 거라는 막연한 기대 하나로 수없이 나를 채찍질해왔다. 하지만 상황은 어제와 별반 다를 바 없었다. 노력이 부족했던 걸까. 그 방향이 잘못되었던 걸까. 아니면 운이 나빴던 걸까. 깊은 상념 속에서 헤매던 나는 이슥한 밤에도 쉬이 잠을 이루지 못했다.

그러던 어느 날, 나아지지 않는 현실에서는 그런 고민이 부질없음을 깨달았다. 이러나저러나 내일은 찾아오고, 그게 어떤 날이든 맞이해야만 한다는 것을. 차라리 조금은 편하게 생각해보기로 했다. 일단 손에 꽉 쥐고 있던 채찍부터 내려놓았다. 굳이 내가 나를 괴롭힐 필요는 없어서였다.

그러자 거짓말처럼 마음이 한결 가벼워졌다.

진정한 무뎌짐은 여태 살아온 경험을 바탕으로
세상을 더 넓은 시야로 바라보고,
노력해도 바뀌지 않는 것에 얽매이지 않으며,
그 속에서 내 마음이 좀 더 편해지는 일이다.

삶에 사람에
무뎌진다는 것

ⓒ투에고, 2019

초판 1쇄 발행  2019년 1월 14일
초판 3쇄 발행  2019년 6월 12일

지은이  투에고
그림  신가영
책임편집  윤초록
디자인  그별
펴낸이  남기성

펴낸곳  주식회사 자화상
인쇄.제작  데이타링크
출판사등록  신고번호 제 2016-000312호
주소  서울특별시 마포구 월드컵북로 400, 2층 201호
대표전화  (070) 7555-9653
이메일  sung0278@naver.com

ISBN  979-11-89413-29-3  02810

파본은 구입하신 서점에서 교환해 드립니다.
이 책은 저작권법에 의하여 보호를 받는 저작물이므로 무단 전재와 복제를 금합니다.

이 도서의 국립중앙도서관 출판예정도서목록(CIP)은
서지정보유통지원시스템 홈페이지(http://seoji.nl.go.kr)와
국가자료공동목록시스템(http://www.nl.go.kr/kolisnet)에서 이용하실 수 있습니다.
(CIP제어번호: CIP2019000308)

"내가 기억하는 모든 나에게"